Giulia Pope

AF235761

Bessere Fehler

Der Weg zu meinem Herzen

Roman

FSC
www.fsc.org
MIX
Papier aus ver-
antwortungsvollen
Quellen
Paper from
responsible sources
FSC® C105338

Impressum

Erstauflage 2022

© 2022 Giulia Pope

Giulia Pope

Homepage: www. giulia-pope.de

Instagram Autorenseite: giulia_pope

Lektorat: Maren foon jü SiieKorrektorat: Giulia Pope
& Maren foon jü SiieHasert
Cover: Sturmmöven Cover Design und Illustration

Herstellung und Verlag: BoD – Books on Demand,
Norderstedt
ISBN: 9783753453606

Für alle, die an die Liebe glauben und sie in sich selbst gefunden haben…

… oder noch suchen…

Vorwort

Danke, dass du mich nicht so geliebt hast, wie ich es verdient hätte.

Danke, dass du nicht mich gewählt hast.

Danke, dass du nicht der Mensch warst, den ich in dir gesehen habe.

Denn dank dir habe ich ein Geschenk erhalten, welches größer war als alles, was ich mir je hätte träumen lassen.

Du hast mir einen Weckruf für meinen eigenen Wert geschenkt.

Durch dich durfte ich seit langer Zeit sehen, wer ich sein sollte.

Dank dir habe ich Glück in mir selbst gefunden, welches größer ist als alles, was ich je gespürt habe.

Danke

Kapitel 1

Ein stechender Schmerz durchzog meinen Kopf.
„Sunny, Sunny aufwachen! Mensch jetzt steh endlich auf!"
Unsanft wurde ich mit einem Rucken an meinem Oberkörper geweckt. Ich versuchte, langsam meine Augen zu öffnen, jedoch verhinderte das Sonnenlicht, welches durch mein Schlafzimmerfenster schien, dies abrupt. Meine Augen schmerzten, mein Kopf brummte und mein ganzer Körper fühlte sich an wie ein Wrack. Noch einmal probierte ich, meine Augen zu öffnen, um herauszufinden, wer da an meinem Bett stand und mich mit energischer Stimme aufzuwecken versuchte.
„Sunny du musst jetzt aufstehen, Ben ist schon wach und fragt nach dir!"

Ich öffnete meine Augen und sah meine liebe Freundin Clara vor mir stehen. Sie wirkte etwas zerknirscht und schaute sie mich mit ihren braunen Rehaugen an. Die Hände in ihre weibliche Hüfte gestemmt, um ihrem ernsten Auftreten noch mehr Ausdruck zu verleihen. Ich konnte einen besorgten Ausdruck in ihrem Gesicht erkennen und ihren Blick kannte ich nur zu gut. Es war dieser Blick, der einem sagen soll, dass man ganz schön Mist gebaut hat. Nun blickte auch ich an mir hinunter und stellte fest, dass ich in meinem Bett lag - in voller Montur. Kleid, Schuhe, noch nicht mal den Schmuck hatte ich vergangene Nacht abgenommen. Mühsam setzte ich mich auf, strich mir meine braunen Haare, die kreuz und quer um meinen Kopf zu hängen schienen, aus meinem Gesicht und sah meine Freundin fragend an.

„Was ist passiert? Wie komm ich hierher?"

„Tja, Kleines, das war wohl gestern Abend dann doch etwas zu viel für dich. Es war auch nur eine Frage der Zeit, wann du unter dem Druck zusammenbrechen würdest."

Mit traurigen Augen sah ich sie an und mir wurde bewusst, was gestern geschehen war. Gestern hatte Ben, mein kleiner Sohn, Geburtstag und als die Kids nach der Party von ihren Eltern abgeholt wurden, habe ich noch ein Essen für die Familie und gute Freunde gegeben, nur dass dieses Jahr unsere Familie nur noch aus mir, meinen Eltern und meinen zwei besten Freundinnen Clara und Saidi bestand. Ich hatte mich von meinem Ehemann getrennt. Dies war schon einige Monate her, aber an Bens Geburtstag habe ich das ganze Ausmaß dann erst richtig realisiert. Und um die Realität zu verdrängen, habe ich anscheinend etwas zu tief ins Glas geschaut.

Der Rest des Abends ist dann nur noch schemenhaft in meiner Erinnerung vorhanden. Und um ehrlich zu sein, dieses Gefühl von Nichtwissen und gedankenlos sein war für diesen Abend genau das, was ich brauchte.

Die Ungewissheit und Zukunftsangst, die mich die meiste Zeit zu lähmen schienen, waren schier übermächtig. Ein Neuanfang mit Mitte dreißig. War ich dafür bereit?

Nach acht Jahren Ehe hatte ich mich von meinem Mann und dem Vater meines Sohnes getrennt. Ich hatte mich für ein Ende mit Schrecken entschieden, anstatt in einer Ehe zu verweilen, nur weil es sich so 'gehört'.

Und nun saß ich hier mit dem größten Kater meines Lebens. Mein Kopf brummte und ich konnte nicht genau sagen, ob das an den Nachwehen vom Alkohol lag, oder an dem ewigen Gedankenkarussell, welches sich schon seit Wochen in meinem Kopf drehte. Doch grübeln und sich hängen lassen konnte ich nicht. Ich hatte einen Sohn, der seine Mum brauchte. Ich musste funktionieren und mit dem Beenden dieses Gedankens vernahm ich auch schon das fröhliche Lachen von Ben, der sich bei der *Tom and Jerry Show'* köstlich zu amüsieren schien.

Langsam brachte ich zuerst meine Beine aus dem Bett und merkte sogleich, dass ich diesen Tag nur unter größter Anstrengung überleben würde. Der ganze Raum schien sich zu drehen und mit jeder Drehung machte sich ein dumpfes Gefühl von Unwohlsein in meiner Magengegend breit.

Schwankend ging ich ins Badezimmer, ohne auch nur einen Blick in den Spiegel zu werfen, da ich wahrscheinlich genauso aussah, wie ich mich fühlte -

einfach beschissen. Mit Mühe konnte ich mich auf meinen Beinen halten und war froh, dass ich mich am Waschbecken abstützen konnte. Ich fühlte mich leer, kraftlos, so als würde die ganze Welt auf meinen Schultern liegen.

Ich nahm eine Handvoll kaltes Wasser und versuchte, etwas von dem Make-up von gestern zu entfernen. Dies gelang mir jedoch nur mit mäßigem Erfolg. Meine Augenringe wurden nur noch größer durch das verschmierte Mascara und ich sah aus wie eine menschliche Version eines Pandabären. Auch der Lippenstift versuchte noch sein Versprechen vom '24-Stunden-Halt' einzuhalten und umrandete, wenn auch verschwommen, meine Lippen großzügig mit tiefroter Farbe.

Noch ein Schwung Wasser, und wieder kamen mir diese Gedanken. Gedanken, die ich Milliarden Mal in meinem Kopf begrüßt hatte und nur mit Mühe wieder verabschieden konnte. Mein Kopf holte immer und immer wieder dieselben Gedanken hervor, wie ein Hamster im Hamsterrad. Jedoch, wie der Hamster kam auch ich nicht von der Stelle. Es war diese Art von Gedanken, die einem den Magen umdrehen und den Boden beben lassen. Es fühlte sich an, als würde man am Abgrund einer Klippe stehen und nur warten, dass jemand von hinten kommt und einen herunterwirft. Aber all dies hatte ich so gewählt. Für mich. Für mein Leben.

Nun ist Tom weg, die Liebe meines Lebens. Der Mann, den ich im College kennen und lieben gelernt habe. Der Mann, mit dem ich alt werden wollte und eine Zukunft aufgebaut hatte. Ich musste mit meinem Schmerz fertig werden und auch noch für unseren Sohn stark sein.

Ja, Ben, er ist doch noch so klein, gerade mal sieben Jahre alt. Wie konnte ich ihm das alles nur antun? Jetzt sollte er nicht mehr in einer heilen Familie aufwachsen. Doch auch bei diesem Gedanken bemerkte ich, wie ich mich selbst belog. Heile Familie. Wäre sie das gewesen, so hätte ich mich nicht getrennt. Nach außen hin schien es so. Wir waren die perfekte amerikanische Vorstadt-Familie. Mann mit gutem Job, Haus, Frau, Kind, Hund. Es war ein perfektes Bild. Nur war dieses Bild schon lange nicht mehr ehrlich, geschweige denn der Realität entsprechend. Wir hatten uns auseinandergelebt, im Alltag verloren und es nicht geschafft, unsere Liebe am Leben zu halten. Irgendwann hatten wir nur noch aneinander vorbei gelebt. Festgefahren in einem altmodischen Rollenbild. Aber diesem Bild konnte und wollte ich irgendwann nicht mehr entsprechen. Und nun stand ich hier. Allein und einsam. Jahrelang habe ich um diese Liebe und diese Familie gekämpft, es hat leider nur nicht ausgereicht.
Es war endgültig. Ich spürte, wie Wut in mir aufstieg. Wut auf mich, Wut auf Tom und einfach auf die ganze Welt und diese scheiß Liebe, die manchmal so

verdammt weh tut. Manchmal fühlte es sich an, als ob mein Herz in Millionen von Teilen zerspringen wollte. Dann wiederum fühlte es sich an, als ob alles leer wäre. Als ob mein Herz einfach taub wäre, nicht im Stande, auch nur die kleinste Emotion zu fühlen. Ich war mir nicht sicher, welches Gefühl schlimmer war. Empfand es dann aber doch immer beängstigender, gar nichts zu fühlen, da ich mir nicht sicher war, wie lange dieses Taubheitsgefühl anhalten wird. Würde ich jemals wieder etwas wie Freude oder gar Liebe empfinden können? Ich dachte an meinen kleinen Sohn, Ben. Ben schien stark zu sein. Er ließ sich nichts anmerken, so als hätte er seine Gefühle ausgeschlossen. Aber war dies richtig, war es gesund? Immer, wenn er nach Daddy fragte, bekam ich wieder diesen Kloß im Hals und das schlechte Gewissen übermannte mich schier. Ich unterdrückte meine Tränen. Wie erklärt man seinem siebenjährigen Sohn, dass Mummy und Daddy nicht mehr zusammen sein wollten - ohne dass jemand dabei schlecht wegkommt? Ich hatte mir geschworen, dass Ben nicht unter unserer Trennung leiden sollte. Er sollte sich geliebt und geborgen fühlen, jedoch war ich mir nicht sicher, was in seinem Inneren vor sich ging und ob gerade ich, die sich selbst so verloren vorkam, ihm die Geborgenheit geben konnte, die er gerade jetzt so nötig hatte.

Sehr lange haben mich schon Gedanken über diese Trennung begleitet. Dass ich diesen Schritt unbedacht gegangen bin, konnte man mir nicht vorwerfen. Insgeheim stand ich Jahre zuvor schon einmal vor dieser Entscheidung, hatte jedoch damals nicht den Mut, es bis zum Ende durchzuziehen. Meine Freundinnen konnten nie verstehen, wie eine Frau, die scheinbar mit beiden Beinen im Leben steht, das ganze Familienleben organisiert und allgemein alles im Griff zu haben scheint, es jahrelang nicht schafft, für sich und ihre Bedürfnisse einzustehen. Eine, die einst voller Selbstvertrauen und Freude gesprüht hat. Sich scheinbar mit den Jahren vollkommen aus den Augen verloren hat. Wie konnte ich mich nur so verlieren? Oder besser noch: Wann und warum habe ich mich selbst verloren? Irgendwann wurde mir bewusst, dass ich nicht glücklich war und auch Tom nicht glücklich zu sein schien. Aber manchmal muss man im Leben erst ganz tief fallen, bis man realisiert, dass genug einfach genug ist.

Dieser Fall war für mich schmerzhaft und kam völlig unerwartet. Wir waren auf einer Firmenfeier von Tom. Es war ein Benefiz Golfturnier geplant und mir ging es den ganzen Tag schon nicht sehr gut. An sich ging es mir wochenlang schon nicht sehr gut, aber immer, wenn ich mein Unwohlsein geäußert hatte, wurde es nur mit blöden Sprüchen abgetan. Doch an diesem Tag war es anders, ich hatte schon morgens Probleme, mich anzuziehen und das Stehen und Gehen fiel mir sichtlich schwer. Als ich Tom daraufhin angesprochen hatte, dass ich lieber zu Hause bleiben wolle, meinte er nur, ich könne ihn doch nicht im Stich lassen und sollte auch mal an ihn denken. Das Ende vom Lied war, das ich auf der Feier einen Zusammenbruch hatte und mit dem Rettungswagen allein ins Krankenhaus musste. Tom kam erst, als die Firmenfeier vorbei war und hielt mir einen Vortrag, was mir überhaupt einfällt und wie sehr ich ihn blamiert hätte. In diesem Moment brach für mich eine Welt zusammen. Alles wofür eine Ehe und unsere Beziehung stand, stellte ich nun in Frage. Füreinander da sein, sich um den anderen kümmern, das gab es bei uns nicht mehr.

Die letzten Wochen und Monate hatte ich durch Toms Verhalten noch öfter über mein Leben nachgedacht und kam immer wieder zum gleichen Entschluss: Es kann so nicht weiter gehen. Ich wollte geliebt und gesehen werden, aber um jeden Preis? Nein! Ich war mehr als nur die Haushälterin, die die Wäsche wäscht, das Haus in Ordnung hält, sich um das Kind kümmert und die Freizeitaktivitäten koordiniert. Ich war mehr als die vorzeigbare Ehefrau, die auf Familienfesten immer nett lächelt und gute Miene zum bösen Spiel macht. Ich war mehr und ich wollte mehr.

Außer mit Clara und Saidi hatte ich mit niemandem über meine Gedanken und die Konsequenzen, welche diese nach sich ziehen würden, gesprochen

Und nun stand ich hier, in High Heels und zerknittertem Kleid in meinem Badezimmer. Der Sturm war vorbei. Tom war ausgezogen und außer dem

Gelächter von Ben, der anscheinend sehr viel Spaß im Wohnzimmer zu haben schien, war es totenstill.

„Sunny, wird es gehen?", ich bemerkte, wie Clara nun in der Badezimmertür stand und mich immer noch mit diesem besorgten Blick ansah. Im selben Augenblick traten mir auch schon wieder Tränen in die Augen. Ich spürte, wie sich mein Hals zuschnürte und die Tränen versuchten sich den Weg in meine Augen zu bahnen. Da ich nicht schon wieder anfangen wollte zu weinen, vergrub ich mein Gesicht in dem Handtuch und nickte nur schnell und bat sie, doch schon mal zu Ben zu gehen, ich würde gleich nach unten kommen.

Ich nahm eine Dusche und genoss das Gefühl, wie das heiße Wasser langsam und stetig über meinen Kopf bis hin zu meinen Füssen floss und stellte mir vor, wie jeder Tropfen Wasser etwas von dem Schmerz wegspülen würde, der meinen ganzen Körper in Besitz genommen hatte. Leider war dies nur Wunschdenken – der Schmerz blieb.

Während sich die Kopfschmerztabletten sprudelnd im Wasserglas auflösten, saß ich in meinem pinken Bademantel, welcher das einzig Fröhliche an mir zu sein schien, am Frühstückstisch. Ich gab mir alle Mühe, mich so gut es ging, zusammenzureißen. Für meinen kleinen Schatz. Er hat mich schon viel zu oft traurig gesehen und das sollte doch nun für immer vorbei sein. Ich nippte an meinem Kaffee, den meine Freundin wohlwissend extra stark zubereitet hatte und spürte, wie die Lebensgeister in meinen Körper langsam zurückkkamen. Wir drei saßen eine Weile am Esstisch, bis Clara Ben den Vorschlag unterbreitete, heute mit ihr und ihrem Sohn Mo ins Schwimmbad zu gehen. Das Wetter war herrlich und auch für diesen Tag hatte der Wetterdienst hohe Temperaturen und dauerhaft Sonnenschein vorhergesagt. Ben war sogleich Feuer und Flamme und lief, nachdem er seine Pancakes schnell hinuntergeschlungen hatte, in sein Zimmer und packte die nötigsten Sachen zusammen. Clara stand auch auf und kam zu mir. Sie nahm mich in den Arm, und als hätte sie Gedanken lesen können, wusste sie genau, was ich in diesem Moment benötigte. Ich legte meine Arme um ihren weichen, angenehm riechenden Oberkörper und umarmte sie so fest, als hinge mein Leben davon ab. Sie streichelte sanft über meinen Rücken und sagte schon fast wie ein Mantra, dass ich stark sei und alles schaffen könne. Clara, die immer schon eine spirituelle Ader hatte, holte aus ihrer Hosentasche einen wunderschönen schwarzen Stein heraus und legte ihn mir in meine kalten Hände. Der solle mir Kraft geben und mich vor negativen Gedanken beschützen. Ich spürte, wie mein Herz etwas ruhiger schlug und meine allgemeine Anspannung sich langsam verflüchtigte. Mit einem Mal fühlten sich meine Arme schwer an und meinen ganzen Körper schien eine Erschöpfung, die ich noch nie zuvor gespürt hatte, zu durchziehen. In diesem Moment war ich über Claras Hilfe über alle Maßen dankbar. Ben kam juchzend die Treppe runter und ich wusste, dass er heute einen schönen Tag haben würde. Ich konnte mich wiederum noch etwas ausruhen. Als ich die beiden verabschiedete, fiel mein Blick auf zwei Bücher, die Clara mir dagelassen hatte. Wohl in der Hoffnung, ich würde vielleicht doch trotz meiner schon öfter bekundeten 'Abneigung' gegen dieses 'Hokuspokuszeugs', einen Blick hineinwerfen.

Ich legte mich auf mein Sofa und wartete, bis der Tee, den ich mir gemacht hatte, endlich eine für mich angemessene Trinktemperatur hatte. Meine Hündin Miley gesellte sich dazu und drückte ihre warme Hundeschnauze gegen meine Hand, als wollte auch sie mir etwas Trost spenden. Besonders in letzter Zeit genoss ich die Anwesenheit von ihr sehr. Obwohl sie nur ein Hund war, schien sie empathischer zu sein als so mancher Mensch.

 Gedankenversunken ließ ich den Blick durchs Zimmer fliegen. Und wieder sah ich diese beiden Bücher. Die Bücher, die Clara mir mitgebracht hatte. Bücher über Spiritualität, etwas mit dem ich noch nie etwas zu tun hatte. Und es auch immer sehr offenkundig als Nonsens abgetan hatte.

Es klingt jetzt vielleicht komisch, aber es war so, als würden die Bücher mich magnetisch anziehen. Auch wenn mir nicht sonderlich nach lesen zumute war, so nahm ich mir beide Bücher auf meine Couch, machte es mir gemütlich und blätterte den Nachmittag über in ihnen,notierte sogar die ein oder andere für mich interessante Passage und war erstaunt, wie schnell die Zeit verging. Irgendwann überkam mich dann die Müdigkeit und ich schlief mit den Büchern in meiner Hand und dem Hund zu meinen Füßen ein.

Es ist Stärke, Schwäche zu zeigen und Hilfe anzunehmen

Kapitel 2

„Nun komm schon, wir sind schon wieder spät dran!"
Ben schleppte missmutig seine Schultasche die Treppe
hinunter. Wenig begeistert, zur Schule zu müssen und
dann auch noch den ganzen Tag, da ich nun als
alleinerziehende Mutter mehr arbeiten musste, um
mich und Ben zu versorgen und Haus und Auto halten
zu können.

Ich musste mir selbst eingestehen, dass das Leben,
welches ich vorher gelebt hatte, auch seine
Annehmlichkeiten hatte. Ich musste mir keine
Gedanken über das Geld und die Haushypothek
machen. Tom hatte dies immer bezahlt, da er Vollzeit
gearbeitet hatte und ich nur eine Teilzeitstelle
bekleidete. So musste ich mir erstmal einen groben
Überblick über die finanziellen Verpflichtungen
machen und bekam währenddessen einen leichten
Nervenzusammenbruch. Wie sollte ich das alles nur
schaffen? Diese Frage kreiste unentwegt in meinem
Kopf umher. Doch ich war bereit, alles in meiner
Macht stehende zu tun, um mein neues Leben zu
meistern. Tag für Tag und Stück für Stück.

Es war auch noch zu früh, wenn ich sagen würde, es
ginge mir gut, seit Tom ausgezogen war. Jedoch wurde
es jeden Tag etwas besser, das redete ich mir
jedenfalls ein. Und der Glaube versetzt ja bekanntlich
Berge. Mit einem lauten Knall wurde ich abrupt aus

meinen Gedanken gerissen. Ben schmiss mir missmutig seine schwere Schultasche vor die Füße und untermauerte seine schlechte Laune noch mit einem Meckermonolog, den ich besonders momentan nur sehr schlecht verdauen konnte. Ich erklärte ihm, wie jeden Morgen, dass wir zusammenhalten müssen und es irgendwann auch wieder besser wird.

Es bedurfte nur einen kurzen Blick in den Spiegel, den ich momentan so sehr mied wie der Teufel das Weihwasser. Ich wusste genau, wie ich momentan aussah. Augenränder so tief wie der Grand Canyon und mein Gesicht wirkte blass und eingefallen. Meine langen braunen Haare sahen stumpf aus und waren lieblos zu einem Dutt zusammengebunden. Gegessen hatte ich schon seit Tagen nicht mehr richtig. Schon allein der Gedanke an Essen schnürte mir die Kehle zu. Der einzig positive Effekt hieran war, dass mir meine Hosen, die ich vor meiner Schwangerschaft mit Ben getragen hatte, endlich wieder passten. Daraus resultierte dann auch die Antwort auf die Frage: „Mensch, Sunny, welche Diät probierst du denn momentan aus? Du hast schon richtig abgenommen", die Antwort: „Tja, kann ich nur empfehlen, trenn dich von deinem Mann, dann purzeln die Pfunde."

Meist reichte dieser Satz, um die Leute mit offenem Mund und etwas Scham stehen zu lassen, da sie auf diese Antwort meist nur ein „Aha" oder „Oh sorry" entgegnen konnten. Mir war bewusst, dass diese schroffe Art, mit der ich meinen Kollegen und anderen Menschen momentan begegnete, nicht sehr nett war. Aber es war meine Art, einen kleinen Schutzpanzer aufzubauen, um nicht zeigen zu müssen, wie schlecht es mir tatsächlich ging. Jeden Abend schlief ich unter Tränen ein und wachte mit roten, vom Heulen verquollenen Augen am Morgen wieder auf. Naja, aufwachen ist hier auch übertrieben, da ich meistens, wenn überhaupt, im Dämmerschlaf im Bett oder auf der Couch lag und über das, was wohl kommen mochte, sinnierte.

Somit konnte ich mich auch nicht sehr über meinen Gewichtsverlust freuen, denn der Preis, den ich hierfür gerade bezahlte, war einfach zu groß. Allgemein glich mein momentanes Aussehen nicht dem einer granatenmäßigen Singlemum.

Für mich hatte ich momentan keine Zeit. Ich versuchte, Haushalt, Kind, Hund und Arbeit unter einen Hut zu bekommen, ohne einen Zusammenbruch zu erleiden. Natürlich hatte ich meine Eltern, Saidi und Clara, die mir mit Rat und Tat zur Seite standen, Ben bespaßten und sich stundenlang meine Warum-Fragen anhörten. Aber trotzdem war ich diejenige, die, wenn Ben im Bett war, allein vor allem stand.

Es wurde Zeit, etwas zu ändern. Was und wie wusste ich noch nicht, aber ich musste es einfach. Es gab schließlich auch schon eine Sunny vor Tom. Dies hatten Clara und Saidi mir auch mehr als einmal gesagt.

Doch diese Sunny, die fröhlich und selbstbewusst, es geliebt hatte, zu singen und zu tanzen, die gab es schon lange nicht mehr. Sie war gerne unter Menschen und hat das Leben geliebt. Aber wann und wo habe ich eigentlich aufgehört, *Ich* zu sein? Und warum? Diese Frage stellte ich mir in letzter Zeit oft. Irgendwie, so schien es, hatte ich mich für die Beziehung mit Tom aufgegeben. Ich habe mich verstellt und so verhalten, wie ich dachte, es sei richtig für ihn. Ja für *ihn*. Ich wollte ihm so sehr gefallen. Wollte geliebt werden. Mich hatte ich dabei völlig aus den Augen verloren.

Ich wollte mich auf die Suche nach mir begeben, das habe ich mir in dem Moment fest vorgenommen und hoffte, mein altes Ich oder sogar eine noch bessere, reifere Sunny zu finden.

Aber wo fing ich an?

Veränderung beginnt nicht nur im Äußeren, sondern auch im Innern. Doch war ich hierfür schon bereit, mich mit mir selbst zu beschäftigen? Ich beschloss, mich erstmal aufs Äußere zu konzentrieren. Vielleicht mit einer neuen Frisur oder neuer Kleidung? Saidi hatte mir schon vor Wochen angeboten, mit mir mal wieder shoppen zu gehen, da sie bei ihrem letzten Besuch fast eine Krise bekommen hatte, als sie einen Blick in meinen Kleiderschrank warf. Und Clara hatte schon oft angeboten, Ben etwas öfter zu betreuen, damit ich auch mal ein wenig mehr Zeit für mich habe und etwas durchatmen kann. Ja ich wollte ihr Angebot annehmen und anfangen, endlich mal wieder etwas für mich zu tun.

Manchmal muss man einfach anfangen, der Rest findet sich dann

Kapitel 3

„Prost, auf dein Singleleben!" Mit viel Euphorie hob Clara ihr Sektglas und freute sich anscheinend mehr als ich über das soeben besprochene Vorhaben. Ihr Lächeln durchflutete mein ganzes Wohnzimmer und wirkte regelrecht ansteckend, sodass auch ich schon etwas wie leichte Vorfreude verspürte. Meine zwei besten Freundinnen Clara und Saidi saßen mit mir auf meinem Sofa in meinem Wohnzimmer.

In meinem Wohnzimmer, der Gedanke erschien mir noch etwas unwirklich, aber ja das war es. Ich hatte es vor kurzem erst renoviert und alles, was mich an Tom und unsere gemeinsame Zeit noch erinnern könnte, entsorgt. Dieses Mal lag die Entscheidung, was und wie, nur bei mir und ich habe es genossen. Ich hatte mich bewusst für Rosa- und Beerentöne entschieden. Es sollte klar signalisieren, dass hier eine Frau wohnte und es sah wirklich wundervoll aus. Etwas Stolz auf mein vollbrachtes Werk stieg in mir auf, zumal ich alles allein geschafft hatte. Dank ein paar Do it yourself Videos und ein paar Heimwerkerbüchern avancierte ich innerhalb kürzester Zeit zu einem Handwerksallrounder. So konnte ich nun tapezieren, Fliesen verlegen und hatte das erste Mal in meinem Leben eigenständig eine Lampe montiert.

Lautes Gelächter schallte nun durch das ganze Haus. So viel, wie ich mit den beiden momentan lachte, kam mir der Gedanke, hatte ich schon eine Ewigkeit nicht mehr gelacht. Ich bemerkte schon, wie meine Wangen langsam anfingen, weh zu tun. Und machte mir Sorgen, ob man auch vom Lachen Muskelkater bekommen könne.

„Genauso machen wir das: Erst geht's zum Friseur, dort lässt du dich mal so richtig verwöhnen und dann gehen wir etwas bummeln und schauen, ob wir die neue Sunny mit etwas modernerer Kleidung noch etwas aufhübschen können." Saidi und Clara strahlten wie zwei Honigkuchenpferde als sie mir ihren Plan verkündeten.

„Was habt ihr denn gegen meine Kleidung?" fragte ich etwas betroffen. Saidi, die von uns dreien wohl den besten Kleidungsstil hatte und immer 'up to date' war, was Modetrends anbelangte, sah mich mit ihren braunen Augen an, die wie kleine Sterne durch ihre sehr gewagte Designerbrille blitzten. Sie nahm ihre Hand, legte sie auf meine Schulter und zog mich somit etwas näher zu sich heran und antworte: „Ach Kleines, deine Jeanshosen und schwarzen Shirts sind ja vielleicht gut, um einkaufen zu gehen, aber wir haben 2021 und die Welt ist so bunt und die Mode ist bunt, probiere doch einfach mal etwas Neues aus."

„Außerdem…" Saidi blickte Clara verschwörerisch an „haben Clara und ich noch eine kleine Überraschung für dich."

„Eine kleine Überraschung? Ihr wisst genau, dass ich Überraschungen nicht mag und eure enden sowieso meistens in einem Desaster."

„Ach komm, stell dich nicht so an", sagte Saidi und verdrehte ihre Augen, so wie mein Hund, wenn er unbedingt etwas von meinem Pastrami-Sandwich abhaben wollte.

„Das wird ein Spaß. Dein erster richtiger Tag in FREIHEIT!" schoss es aus Clara und Saidi wie im Chor heraus.

„Freiheit, ihr seid echt witzig, ich habe einen siebenjährigen Sohn, ich habe Verantwortung und Verpflichtungen!"

„Die haben wir alle, jedoch hast du bei deiner ganzen Verantwortung dich, unsere liebe Sunny, verloren und die gehen wir am Wochenende suchen, basta!" sagte Clara.

Da ich meine Freundinnen schon lange kannte, wusste ich, dass jeglicher Einwand meinerseits nur noch ins Leere laufen würde und ergab mich in mein Schicksal.

Zugegeben, die Neugier und Vorfreude brachte mich fast um den Verstand. Ich zählte aufgeregt die Tage bis zum Samstag. Schon ewig war ich nicht mehr allein mit Freundinnen unterwegs gewesen. Meistens war Ben dabei und dann wurde ein Besuch in der Stadt immer sehr effektiv abgearbeitet. Aber da Tom das erste Mal

Ben zu sich nehmen würde, hatte ich das ganze Wochenende 'kindfrei', wie es so schön heißt.

Nachdem Tom ausgezogen war, hatte er erst einmal in einem Hotel gelebt, um sich von der ganzen Trennung zu erholen und zu entspannen. Da aber dieser Luxus auf die Dauer recht teuer wurde, hatte er sich nun eine kleine Wohnung genommen und konnte Ben auch mal zu sich nehmen. Dies ging vorher nicht, da er Ben ein richtiges Zuhause bieten wollte. Somit waren lediglich kurze Treffen in der Eisdiele oder im Diner möglich.

Ben freute sich schon riesig auf das Wochenende bei seinem Daddy. Es wurden Koffer gepackt und Spiele rausgesucht, und Ben erzählte mir, was er alles Tolles mit Tom machen wollte. Einerseits freute es mich, dass mein kleiner Schatz so voller Vorfreude war und es kaum erwarten konnte, endlich die Wohnung von seinem Daddy zu sehen und ein richtiges Männerwochenende zu verbringen. Andererseits durchzog ein stechender Schmerz mein Herz. Ich war noch nie lange von Ben getrennt gewesen und jetzt sollte es gleich ein ganzes Wochenende sein. Insgeheim hatte ich auch Angst, dass er lieber bei Tom bleiben wollte und nicht mehr zu mir zurück möchte, denn ich war definitiv strenger als Tom. Und ich hatte ihm dies auch alles angetan. Ich war diejenige, die seine Familie kaputt gemacht hatte. Das schlechte Gewissen kroch in diesem Augenblick wieder in mir hoch und ich konnte es nur mit Mühe und Not unterdrücken.

In diesem Moment war ich heilfroh, dass ich den Samstag mit Saidi und Clara verbringen würde, da blieb dann nicht so viel Zeit zum Nachdenken und Grübeln. Natürlich schob sich ab und zu der Gedanke der Überraschung noch in den Vordergrund. Ich beschloss jedoch, weiterhin mutig zu sein und mich einfach mal treiben zu lassen, und zu sehen was passiert.

Um den richtigen Menschen muss man nicht kämpfen, er ist da, weil er da sein möchte

Kapitel 4

„Sind Sie sicher?", die Friseurin fragte mich dies nun schon zum zehnten Mal.

„Ja, hundertprozentig! Schneiden sie sie ab. Ich brauche Veränderung! Zeit für was Neues!"

„Okay, das wird aber eine extreme Veränderung " entgegnete sie etwas skeptisch.

„Ich mache momentan so viele extreme Veränderungen durch, da kommt es jetzt auf die Eine oder Andere mehr oder weniger auch nicht mehr an" erwiderte ich und setzte mich entspannt in den Stuhl. Ich war bereit, einen weiteren Schritt in mein neues Leben zu gehen. Die erste Flasche Prosecco wurde von Saidi geköpft und meine Freundinnen und ich sahen zu, wie die etwas korpulente Friseurin mit dem grün gefärbten Pixischnitt die Schere nahm und meine hüftlangen Haare um circa dreißig Zentimeter kürzte.

Ich spürte gleich eine riesige Erleichterung, obwohl es nur ein paar Haare waren. Auch dies war ein Relikt aus meiner Beziehung mit Tom. Er mochte mein langes, walnussbraunes Haar und fand, dass etwas anderes mir auch gar nicht stehen würde. Somit kam ich auch nie auf die Idee, etwas daran zu verändern. Aber nun war alles anders. Jetzt machte *ich* wieder die Regeln und bestimmte, was für mich richtig war, und was ging und was nicht ging.

Nachdem die Haare ab waren, entschied ich mich auch noch gleich für etwas Farbe, denn auch an meinen Haaren sind meine fünfunddreißig Jahre nicht spurlos vorbeigegangen und ich bildete mir ein, das eine oder andere graue Haar entdeckt zu haben. Dies sah die Friseurin zwar anders, da sie aber augenscheinlich eine Affinität zu Farbe im Haar hatte, war sie begeistert, sich an meinen Haaren austoben zu dürfen. Natürlich nur in Maßen, denn bei ihrem Vorschlag von pinken Strähnen waren Saidi, Clara und ich uns einig, dass dies dann doch etwas zu viel Veränderung sei.

Nach sagenhaften vier Stunden und drei Flaschen Prosecco stolperten drei hysterisch lachende Freundinnen aus dem Salon und beschlossen, erst einmal eine Kleinigkeit essen zu gehen, damit der Magen auch was zu tun hatte und die Leber sich ein wenig entspannen konnte.

Wir suchten uns ein nettes Restaurant und genossen ein vorzügliches Menü inklusive Dessert. Wir alle bemerkten, dass diese Stärkung zur richtigen Zeit kam, da unsere Konversation nur noch von uns dreien verstanden wurde und der Kellner das eine oder andere Mal Schwierigkeiten hatte, unsere Wünsche zu verstehen.

Als wir gut gestärkt und glücklich aus dem Restaurant hinaustraten, verkündete Saidi in einem Euphorieanfall, dass es jetzt erst richtig lustig werden würde. Der Tag sei noch jung und nun musste das perfekte Outfit für die Überraschung eingekauft werden.

Wir gingen Arm in Arm durch die Stadt, lachten und hatten sehr viel Spaß. Ich warf einen kurzen Blick in ein Schaufenster, an dem ich vorbeikam und konnte es selbst kaum fassen. Die Person, die mir da entgegenblickte, sah richtig klasse aus, und dies hatte ich schon ewig nicht mehr von mir gedacht. Ich hatte mich immer als normale Durchschnittsfrau gesehen. Vor Bens Geburt hatte ich, das musste ich mir leider eingestehen, mehr aus mir gemacht. Damals bin ich nie ohne Make-up aus dem Haus gegangen. Heute hingegen war ich meistens leger unterwegs. Ich trug an sich immer Sportkleidung und wenn es denn mal in die Stadt ging, Jeans und T-Shirts. Es musste mit Kind einfach praktisch sein und schnell gehen.

Aber die Frau, die mir jetzt aus dem Schaufenster entgegenblickte, war richtig gut gestylt. Ich trug nun einen Long Bob, so wie er gerade in den Modezeitungen angesagt war. Die braunen Haare waren mit goldenen Strähnen veredelt und sahen einfach nur gigantisch gut aus. Dazu trug ich meine alten, hautengen Levis 501, welche meinen durchaus ansehnlichen Po noch besser in Szene setzten und ein enganliegendes, weißes T-Shirt mit der goldenen Aufschrift 'Pride', welches ich von Saidi geschenkt bekommen hatte. Dies betonte wiederum sehr schmeichelhaft meine von der Sonne gebräunte Haut.

Aber das Beste an mir war heute mein Lächeln. Ich trug dauerhaft ein Lächeln auf meinen Lippen. Etwas, was mir schon lange nicht mehr passiert war. Und ich fand, es stand mir wirklich sehr gut.

Ich wurde durch jede Boutique geschleppt, die es in unserer kleinen Stadt gab und mir wurden gefühlt fünfhundert verschiedene Outfits von meinen selbsternannten Modeexpertinnen gezeigt. Leider hatten die beiden unterschiedliche Geschmäcker, was Mode und Styling anbelangte. Clara war eher dezent unterwegs, sehr chic und farblich immer passend, aber nie auffällig. Saidi hingegen war eine Modebombe. Wenn jemand als Fashionista bezeichnet werden konnte, dann war es Saidi. Gekonnt setzte sie die neusten Modetrends um, und obwohl sie weder die Größe eines Models besaß noch deren Maße, sah an ihr alles gut aus.

Dies führte wiederum dazu, dass die beiden gefühlt eine Ewigkeit über jedes Outfit hitzig diskutierten und das Für und Wider abwägten. Welches war denn nun das beste Outfit für die Überraschung? Ich hätte mich gern bei der Auswahl auch zu Wort gemeldet, jedoch wollten die beiden mir noch immer nicht erzählen, worum es sich denn nun bei dieser Überraschung handelte. Zudem wurde mir noch einmal eindeutig klargemacht, dass die beiden in Sachen Modefragen gut und gern auf meine Meinung verzichten könnten. Etwas beleidigt ergab ich mich meinem Schicksal und probierte brav jedes der hundert Kleidungsstücke an, die mir in die Umkleidekabine gebracht wurden.

Am Ende fiel die Wahl dann auf ein gelbes Blumenkleid, welches Saidi ausgesucht hatte und eine Jeansjacke, die das Outfit sportlich und doch feminin wirken ließ, dies war dann Claras Idee. Hierzu trug ich wunderschöne silberne Sandalen.

Ich fühlte mich so richtig wohl, obwohl diese Kleidung überhaupt nicht meinem eigentlichen Still entsprach. Aber darum ging es ja bei der ganzen Sache. Etwas Neues auszuprobieren, raus aus der Komfortzone.

„So Sunny, wir lassen dich jetzt gleich allein. Deine Überraschung wartet im *'Drovers'*. Die Reservierung läuft auf deinen Namen."

„Wie, ich dachte, es ist etwas, was wir zusammen machen, sowas wie Kino, Karaoke oder ein Theaterbesuch oder so."

„Keine Panik Kleines." Saidi nahm mich in den Arm. „Du wirst Spaß haben. Allein wirst du auch nicht sein und heute Abend telefonieren wir. Versprochen."

Mit diesen Worten löste sie ihre Umarmung, nahm Clara an die Hand und beide gingen ihres Weges.

Hier stand ich nun. Allein, nett zurechtgemacht und ohne einen Schimmer, was da auf mich zukommen würde. Irgendwie hatte ich die Befürchtung, dass was ich über Clara und Saidi bezüglich Überraschungen gesagt hatte, würde sich bewahrheiten. Trotzdem war ich neugierig und machte mich auf den Weg.

'Drovers' haben sie gesagt, das war eine angesagte Kneipe in einem Szeneviertel in der Stadt. Ich ging circa fünf Minuten, dann stand ich vor der Bar Tür und las in großer, weißer Kreideschrift:

SPEED-DATING heute Abend

Wollten die mich verarschen? Das war ja wohl das Letzte, was mir momentan in den Sinn kam. Ich war frisch getrennt und hatte definitiv andere Sorgen, als auf Dates zu gehen und mir einen neuen Mann anzulachen. Während ich diesen Gedanken beendete, ertönte der Nachrichtenton meines Handys. Es war eine Nachricht von Saidi.

„Sei nicht sauer. Versuch, etwas Spaß zu haben. Getränke gehen auf uns, Kuss Saidi und Clara."

Am liebsten hätte ich Saidi angerufen und ihr die Leviten gelesen, endschied mich aber für den Mittelfinger-Emoji, da der genau das ausdrückte, was ich zu sagen hatte. Ich ging einen Moment in mich und entschied, dann trotzdem zu bleiben. Jetzt war ich schon hier und es sind ja immer nur ein paar Minuten. Augen zu und durch.

Ich öffnete die Tür und ein Geruch von altem Zigarettenrauch und fettigem Soulfood kam mir entgegen. Die Bar war recht voll und alle Tische waren in zwei Reihen angeordnet. Es konnten insgesamt zehn Frauen und zehn Männer teilnehmen. Außer einem Tisch waren alle anderen Tische schon von Frauen besetzt. Mit detektivischem Spürsinn folgerte ich, dass der Freie dann wohl meiner war.

Ich setzte mich etwas schüchtern hin und beschloss, mir zur Entspannung einen Gin Tonic zu bestellen. Ich trank einen großen Schluck und fühlte gleich, wie sich die Anspannung etwas legte und ich ruhiger wurde.

Dann kam ein junger Mann, ich würde ihn so auf Anfang zwanzig schätzen, und verteilte an jede Frau einen kleinen Notizblock mit Stift, damit sie sich bei Bedarf die Telefonnummer notieren konnte, oder andere wichtige Informationen.

Nun wurden die Männer hereingebeten. Es wurde kurz erklärt, dass jeder Mann drei Minuten an einem Tisch verweilen darf und beim Erklingen der Glocke muss der Mann zum nächsten Tisch wechseln. Und so weiter, bis alle Männer einmal jede Frau an ihrem Tisch besucht hatten.

In diesem Moment kam mir der erschreckende Gedanke, was ist, wenn jetzt jemand aus der Nachbarschaft hier wäre? Was sollte ich dann tun? Das würde sich doch verbreiten wie ein Lauffeuer. Hektisch sah ich mich um, jedoch weder die Frauen noch die Männer kamen mir bekannt vor. Erleichterung machte sich in mir breit und ich bestellte mir noch schnell ein Getränk, bevor es dann endlich los ging.

Mein erster Kandidat war circa 1,70 m groß, leicht untersetzt, um es nett auszudrücken, und hatte noch Reste von seinem Mittagessen zwischen den Zähnen. Es war wohl Spinat oder so. Das ging ja gar nicht.

Der Zweite war kein bisschen besser, Kinder kamen für ihn nicht in Frage, und Altlasten schon gar nicht, warum sollte man ein fremdes Kind durchfüttern? So zog sich dann der Abend hin und ab Kandidat Nummer sechs schrieb ich schon ganz unauffällig meine Einkaufsliste für die kommende Woche. Nachdem das Klingeln ertönte, sich Kandidat sechs verabschiedet hatte, war ich noch am Überlegen, ob wir genügend Pasta und Toilettenpapier im Haus hatten.

Ich bemerkte gar nicht, dass sich Kandidat sieben schon an seinen Platz gesetzt hatte. Vollkommen versunken in meine Liste schaute ich nicht hoch. Erst als ich ein leichtes Räuspern vernahm, erhob ich meinen Blick.

Das hatte ich nicht erwartet. Es traf mich wie ein Blitz. Vor mir saß ein großgewachsener, dunkelhaariger Mann mit strahlend blauen Augen, einem Lächeln, welches mein Herz hüpfen ließ und mir ein merkwürdiges Gefühl in meiner Magengegend bescherte. Ich richtete mich auf, riss aufgeregt meine Einkaufsliste vom Block und bemerkte, wie meine

Wangen leicht erröteten. Ich trank schnell einen Schluck von meinem Drink und reichte ihm dann meine Hand. „Hallo ich bin Cassandra, aber alle nennen mich nur Sunny."

„Hallo ich bin Will."

Und dann ertönte auch schon die Klingel und unsere drei Minuten begannen.

Will, welcher eigentlich Christopher Williams hieß, war fünfunddreißig Jahre alt, so wie ich. Er hatte keine Kinder, war aber auch schon verheiratet. Die Ehe hielt aber kaum ein Jahr und somit ließen seine Frau und er sich auch ziemlich schnell wieder scheiden. Will wurde nicht von seinen Freunden genötigt, an dieser Veranstaltung teilzunehmen. Er war freiwillig hier. Dies war mir schier unbegreiflich, da er in meinen Augen definitiv kein Problem haben sollte, im realen Leben eine Frau kennen zu lernen. Er war schon weitaus länger Single als ich und erzählte mir, dass er sowas wie hier ab und an mal ganz gerne machte. Natürlich sei er auch auf den üblichen Datingportalen unterwegs. Auf meine Frage, was er denn suchte, meinte er nur, er wisse es noch nicht, aber sowas wie Freundschaft Plus (friends with benefits) wäre gar nicht schlecht.

Ich stimmte ihm zu, obwohl mir gar nicht klar war, was das bitte sein sollte. In diesem Moment bemerkte ich, dass es halt doch schon einige Jahre her war, seit ich das letzte Mal auf einem Date war. Den letzten Mann, den ich gedatet hatte, war Tom und das war zu meiner Collegezeit. Es hat sich definitiv vieles geändert.

Zwischen uns war so etwas wie leichte Sympathie vorhanden. Dies konnte man nicht bestreiten. So beschlossen wir spontan, Handynummern zu tauschen und dann war auch unsere Zeit um. 'Leider'... hatte ich etwas enttäuscht für mich gedacht.

Er stand auf und ging zielstrebig zum nächsten Tisch und ich saß mit einem neuen Kandidaten an meinem Tisch.

Während der nächsten Dates konnte ich nicht anders, ich musste immer verstohlen zu ihm rüber schauen. Er kam mir so bekannt vor, nur woher sollte ich ihn kennen? Der Gedanke ließ mich nicht los, wurde dann aber von einem lauteren abgelöst.
'Sunny, was machst du hier?' fragte ich mich selbst. 'Du willst keinen Mann, du bist frisch getrennt. Das macht doch alles keinen Sinn. Es ist viel zu früh.'

Nachdem nach dem zehnten Kandidaten die Klingel ertönte, sprang ich wie von der Tarantel gestochen auf, riss meine Jacke vom Stuhl und lief, ohne mich auch nur noch einmal umzuschauen aus der Bar.

Draußen angekommen, haute mich die frische Luft, die mit einem Mal meine Lungen durchströmte, fast um. Anscheinend hatte ich den letzten Gin doch nicht so gut vertragen, wie ich dachte. Mir wurde schwindelig und alles drehte sich um mich. Ich setzte mich schnell auf die Bordsteinkante und versuchte, mich auf einen festen Punkt zu konzentrieren, um mein Gehirn wieder etwas zu beruhigen. Nach einer ganzen Weile merkte ich dann, dass ich endlich wieder geradeaus schauen konnte, ohne mit dem Gefühl kämpfen zu müssen, dass mein Abendessen mir noch einmal begegnete. Ich atmete noch einmal tief ein und aus. In diesem Moment verspürte ich eine Hand auf meiner Schulter. Ich wollte hysterisch losschreien, bemerkte dann aber, wie mich zwei wunderschöne, blaue Augen anblickten und erkannte sofort Will. Er legte mir seine Jacke ungefragt um meine Schultern, und ganz ehrlich war ich ihm dafür sehr dankbar, denn im selben Moment fühlte ich erst, dass es wirklich sehr frisch geworden war und sich schon eine leichte Gänsehaut auf meinen Unterarmen abzeichnete.

Will setzte sich neben mich auf den Bordstein und reichte mir ein Mineralwasser, welches ich dankend annahm.

„Danke, das ist sehr nett von dir, ich habe es anscheinend heute Abend etwas übertrieben, was den Alkohol anbelangt. Ich bin schon lange nicht mehr im Training.“

Ich schaute ihn etwas schüchtern an und unsere Blicke trafen sich, und wieder einmal durchzuckte ein merkwürdiges Gefühl meinen ganzen Körper. Ich konnte nicht deuten, ob es Freude, Erregung oder doch vielleicht Angst war, was mir mein Körper mit diesem, noch nie dagewesenen Gefühl sagen wollte. Vielleicht war es aber auch lediglich der Alkohol. Zum Glück hatte ich nicht lange Zeit, drüber nachzudenken.

„Du bist so schnell aus der Bar gestürzt, ich dachte du verabschiedest dich noch von mir", sagte Will mit einem kleinen Lächeln auf seinen Lippen.

„Ich wollte einfach nach Hause, der Tag war lang und dieses Speeddating haben mir meine beiden lieben Freundinnen eingebrockt. Ich hätte mich nie für so etwas angemeldet."

„Ach komm, so schlimm kann es doch gar nicht gewesen sein. War denn nicht ein potentieller Kandidat dabei?"

„Da ich nicht auf der Suche bin, nein nicht einer", sagte ich, während ich stur auf den Boden schaute um zu verhindern, dass Will erkannte, dass ich vielleicht nicht ganz die Wahrheit gesagt hatte.

„Okay, na dann" sagte Will und beschloss aufzustehen und mich mit hochzuziehen. Was für ihn ein Leichtes war, da er über 1,90 m groß war und ich mit meinen knapp 1,65 m wirklich erheblich kleiner. Durch den Schwung, mit dem er mich hochzog, fiel ich ungewollt in seine Arme. Ich spürte seinen gut trainierten Körper, seine starken Oberarme und roch wieder sein sehr angenehmes Aftershave. Schnell befreite ich mich aus dieser Situation. Er war schließlich jemand völlig fremdes.

Wir gingen ein Stück zusammen die Straße entlang und unterhielten uns über Oberflächlichkeiten, worüber ich sehr glücklich war, denn tiefgründige Gespräche hätte ich in meinem Zustand nicht wirklich führen können. Wir sprachen über das Singleleben und die verschiedenen Möglichkeiten, heutzutage Menschen kennen zu lernen. Dass es so viele Datingbörsen gab, war mir gar nicht bewusst. Er kannte sie fast alle, konnte genau sagen, welche was taugt, wo es gut Frauen gibt und wo man sich erst gar nicht anzumelden brauchte.

Nach einer Weile waren wir am Taxistand angekommen. Ich rief mir ein Taxi und stieg ein. Noch bevor er sich umdrehen konnte, ließ ich das Fenster vom Taxi hinunter und war seit langem mutig. Ich fasste mir ein Herz und sagte „Hey Will, sag mal, hättest du eventuell, also nur wenn du Zeit und Lust hast, Interesse mit mir zu frühstücken? Ich mache ein hervorragendes Rührei."

Auch wenn ich definitiv nicht auf der Suche nach einem neuen Partner war, so habe ich das kurze Gespräch mit Will sehr genossen.

Will beugte sich zu mir runter und sah mich mit seinen blauen Augen an, und nach einem Moment, der sich für mich wie eine Ewigkeit anfühlte, sagte er mit seinem breiten Grinsen „Ja klar, wieso eigentlich nicht? Sag wann du Zeit hast."

Ich erwiderte, ich würde mich wegen eines Datums melden und ließ dann das Fenster wieder hochfahren. Erst als das Taxi losgefahren war und ich ihn nicht mehr im Rückspiegel sah, quietschte ich vor Glück. Ein komisches Gefühl, welches ich wirklich schon Ewigkeiten nicht mehr gefühlt hatte.

Zuhause angekommen, schickte ich Saidi und Clara noch schnell eine Textnachricht, um zu erwähnen, dass ich gut bei mir angekommen war, das Speed-Dating überlebt hatte und bedankte mich auch wirklich aufrichtig für den schönen Tag mit ihnen. Von der Begegnung mit Will und dem Frühstücksdate erzählte ich ihnen nichts. War es denn überhaupt ein Date? War ich denn überhaupt schon wieder bereit für jemand Neues in meinem Leben? Sollte man nicht lieber erst einmal ganz lange Single sein, bevor man sich wieder auf jemand Neues einlässt?

Dieses Gefühl im Bauch, ist es Liebe oder eine Warnung? Das erfährt man erst, wenn es schon zu spät ist

Kapitel 5

Zwei Wochen waren seit dem Speed-Dating vergangen und Will und ich hatten uns auf einen Sonntag, an dem ich 'kindfrei' hatte, geeinigt.

'Kindfrei', auch sowas war etwas, was ich mir nie hätte vorstellen können. Gehört aber nun auch zu meinem neuen Leben. Ben war dieses Wochenende bei seinem Dad, somit konnte ich Will auch zu mir nach Hause einladen. Auch wenn Saidi und Clara mir hiervon garantiert abgeraten hätten, war es für mich einfacher. Zu Hause fühlte ich mich wohl, sicher und musste keine Angst haben, gesehen zu werden. Ich putzte das Haus und kaufte etwas für das Frühstück ein. Dies war auch bitter nötig, denn wenn ich allein zu Hause war, recht asketisch lebte und zur Königin der Tiefkühlprodukte avancierte, sahen mein Kühlschrank und dessen Inhalt mehr als traurig aus. Ein schönes Frühstück bestand jedoch aus noch mehr als Ketchup und Essiggurken. Somit stand der Einkauf ganz oben auf meiner Prioritätenliste. Mir war es schon immer wichtig gewesen, wenn ich jemandem zu mir einlade, dass die Person sich wohl fühlt. Und so habe ich meine Gastgeberqualitäten in den vergangenen Jahren als Hausfrau so gut es ging perfektioniert. Es gab immer reichlich zu Essen und auch das Ambiente musste stimmen.

So kaufte ich nicht nur Käse, Wurst und andere Leckereien ein, sondern besorgte mir noch frische Blumen und deckte den Tisch liebevoll mit dem guten Geschirr, welches nur für besondere Anlässe genutzt wurde.

Ob das einen Mann wirklich interessiert, bezweifelte ich zwar, aber mir war es auch egal. Dies tat ich auch für mich.
Nachdem ich mit den Frühstücksvorbereitungen fertig war, konnte ich mich dann mit mir beschäftigen.

Gegen meine Gewohnheit hatte ich morgens geduscht und während der Dusche hatte ich noch kurz überlegt, ob ich mir meine Beine rasieren sollte, den Gedanken dann aber verworfen, da ich eine blickdichte Strumpfhose zu meinem neuen Kleid tragen wollte und somit dieses Problem sehr einfach gelöst hatte.

Ich war gerade dabei, mir etwas Frische ins Gesicht zu zaubern, als mein Telefon klingelte, es war Will. Er wollte nur kurz mitteilen, dass er sich etwas verspäten würde und ob ich etwas dagegen hätte, wenn er leger gekleidet kommen würde?

'Leger gekleidet' gab mir zwar Rätsel auf, da ich nicht erwartet hatte, dass er im Anzug oder so kommt.

Aber, was 'leger' heutzutage bedeutet, würde ich noch erfahren.

Eine halbe Stunde später als vereinbart, klingelte es dann an meiner Haustür, nachdem er noch einmal anrufen musste, weil er den Weg nicht gefunden hatte. Als ich ihm die Tür öffnete, konnte ich dann auch sofort erkennen, was er mit 'leger gekleidet' meinte. Vor der Haustür stand ein gut aussehender, großer Mann, gekleidet in Jogginganzug, Turnschuhen und Baseballcap. Etwas irritiert von seiner Aufmachung bat ich ihn dann höfflich herein.

Noch bevor ich etwas sagen konnte, entschuldigte er sich für sein Outfit, jedoch hätte er noch einen Termin, welcher ein sportliches Outfit erfordere und keine Zeit mehr, sich umzuziehen. Auch wenn ich das Outfit für ein erstes Date etwas befremdlich fand und ich im Vergleich richtig aufgebrezelt war mit meinem Kleid und den Pumps, die sogar farblich auf mein Outfit abgestimmt waren, konnte ich ihm nicht wirklich böse sein. Sein Lächeln, welches den ganzen Raum zu erhellen schien und sofort wieder in meiner Bauchgegend ein komisches Gefühl hervorrief, machte alles wett.

Will hatte für unser Frühstück die Brötchen besorgt, und somit konnten wir dann nun auch starten.

Es war schon recht komisch, einen völlig Fremden bei mir an meinem Esstisch sitzen zu haben. An dem Tisch, an dem ich sonst immer mit Tom gesessen hatte, an dem wir Pläne für die Zukunft geschmiedet hatten und an dem ich ihm letztendlich auch gesagt hatte, dass es für uns zwei keine Zukunft mehr gäbe.

Die letzten Wochen hatte ich oft abends noch allein mit einem Glas Wein an diesem Tisch gesessen, gedankenverloren, und hatte versucht, jeden Zweifel und die Angst vor der Zukunft mit Wein zu ertränken. Und nun saß mir ein sympathischer, gutaussehender Mann gegenüber, den ich überhaupt nicht kannte und kurz kam mir der Gedanke, ob ich einen Fehler gemacht hatte. Was, wenn er ein Psychopath ist? Was, wenn er mich vergewaltigt und dann umbringt? 'Komm runter Sunny', sage ich mir selbst, 'Immer tief ein- und ausatmen. Er ist normal und alles wird gut.'

„Und was sind so deine Hobbies?", mit dieser Frage wurde ich abrupt aus meinen Gedanken geholt.

„Ach, an sich bin ich gerne in der Natur unterwegs und im Haus und Garten fällt ja auch immer Arbeit an", antwortete ich schnell und konzentrierte mich von da an wieder auf dieses Treffen und versuchte, es zu genießen. Wir saßen lange am Tisch und unterhielten uns, als ob wir uns schon ewig kennen würden und stellten sogar fest, dass sein bester Freund damals mit mir zusammen auf die High-School ging. Ich wusste nicht, ob es nur mir so ging, aber es fühlte sich an, als hätte man einen alten Freund nach Jahren wieder getroffen und ist sich wieder sehr vertraut.

Somit wurde die Tiefe und Intensität unserer Gesprächsthemen auch schnell auf eine ganz andere Ebene gehoben. Wir sprachen über Dinge, die ich im Leben nie einem Fremden erzählt hätte. Dinge, die nur Saidi und Clara wussten. Über meine Trennung und wie es ist, allein zu sein. Er gab mir durch seine offene und ehrliche Art das Gefühl, dass ich ihm alles erzählen könne. Nach einer ganzen Weile meldete sich dann jedoch dieses komische Gefühl in meiner Bauchgegend wieder. Immer, wenn ich in seine wunderschönen blauen Augen sah. Er erzählte von seiner Familie und seinen Freunden und während er dies tat, strahlte er über sein ganzes Gesicht. Und bei jedem Lächeln, das er mir entgegenbrachte, entspannte ich mich zunehmend und konnte immer mehr dieses Date genießen. Dieses Gefühl, das er oder dieses Treffen in mir hervorrief, war surreal. Es war eine Mischung aus Glücksgefühl und der unguten Ahnung, dass dieser Mensch mir emotional gefährlich werden könnte.

Ich trank noch einen Schluck von meinem Kaffee und verdrängte sogleich auch wieder dieses Gefühl, und welcher Gedanke mit ihm behaftet war. Zudem kannte ich ihn erst ein paar Stunden und musste mir wie ein Mantra sagen, dass ich runterkommen müsse.

„Sag mal, magst du mir mal dein Haus zeigen? Ich bin da immer etwas neugierig", fragte er mit wachem Blick.

„Ja klar!" erwiderte ich und war in diesem Moment froh, dass ich Ben den Tag zuvor doch noch genötigt hatte, sein Zimmer aufzuräumen. Nachdem wir unseren Kaffee ausgetrunken hatten, zeigte ich ihm alle Räume im Untergeschoss. Danach gingen wir die Treppe hinauf ins Obergeschoss und ich spürte seinen Blick, der anscheinend an meinem Hintern zu kleben schien. Im Flur oben angekommen, wollte ich ihm gerade das Büro zeigen, als ich fühlte, wie er seine Hände sanft an meine Hüfte legte und mich leicht, aber doch bestimmend gegen die Wand im Flur drückte. Panik stieg in mir auf. Was hatte ich nur getan?

Ich wusste gar nicht wie mir geschah, als er sich plötzlich zu mir hinunter beugte und mir einen sehr leichten, aber doch sehr sinnlichen Kuss gab, der, als ich ihn erwiderte zu einer Explosion wurde. Es wurden fordernde Küsse. Völlig überwältigt von dieser Direktheit seinerseits gab ich mich seinen Küssen hin. Es war das erste Mal, dass ich seit über fünfzehn Jahren von einem anderen Mann einen Kuss bekam. Und es fühlte sich gut an. Zum ersten Mal seit langem fühlte ich mich wieder begehrenswert. Ich spürte, wie seine Hände von meiner Hüfte zu meinen Brüsten wanderten und sie sanft umfassten. Er küsste mich sanft und zärtlich, nicht nur auf den Mund. Nein, seine Lippen glitten an meinen Wangen hinab bis hin zu meinem Hals, und meine Knie wurden langsam weich. Es fühlte sich an als würde er wie in Zeitlupe jeden

Millimeter meiner Haut mit seinen sanften Lippen abtasten. Ich war froh, dass ich an der Wand angelehnt stand, die mir Halt gab, da diese surreale Situation mich völlig überforderte und meine Beine die Konsistenz von Wackelpudding erlangt haben. Wogen der Erregung durchzogen meinen Körper. Plötzlich wanderte dann seine Hand von meiner Brust bis zum Saum meines Kleides. Mein Kopf sagte mir, ich müsse damit aufhören, ich sei zu alt für so unvernünftige Aktionen. Ich kenne ihn nicht. Sowas macht man nicht beim ersten Treffen. Aber mein Körper und mein unbändiges Verlangen sagten etwas anderes. Ich ließ ihn seine Hand unter mein Kleid schieben und war sehr froh, mich gegen meine Shapeware und für den schwarzen Spitzenslip entschieden zu haben. Nun wagte auch ich es, meine Hände an seine Hose zu legen, und ich verspürte sogleich, dass er mehr als nur ein wenig erregt zu sein schien. In seiner Hose wölbte sich sein erigiertes Glied, groß, hart und bereit für jede Schandtat. Langsam glitt nun meine Hand auch in seine Hose. Zuerst zögerte ich, begann dann aber seinen Penis sanft zu berühren. Dann nahm ich allen Mut zusammen und umfasste sein gutes Stück, nicht wissend, ob das alles so richtig war. Jedoch stöhnte er beim Umfassen seines großen, erigierten Penis leise. Es war ein Stöhnen, welches mir zu verstehen gab, dass ich alles richtig zu machen schien. Seine Hand glitt nun langsam in meinen Slip. Zögerlich legte er seine Hand auf meine Scheide und streichelte sanft meine äußeren Schamlippen, während er mich weiter leidenschaftlich küsste. Als er bemerkte, dass es mir gefiel, tastete er sich Stück für Stück vor, bis er mich schließlich fordernder stimulierte. Ich war vor Erregung feucht und hätte mich ihm am liebsten vollkommen hingegeben. Mein ganzer Körper vibrierte. Ich kann nicht genau sagen, was es war, aber in diesem Moment war mir alles egal, jede Etikette, alle Do´s and Dont´s fürs Dating. Ich genoss es einfach, mich wie eine begehrenswerte Frau zu fühlen. Und er machte seine Sache gut. Während er mich weiter wild und innig küsste und ich nun auch mutiger wurde und sein Glied sanft und zugleich fest mit meiner Hand massierte, bemerkte ich wie er mich zielstrebig in Richtung Schlafzimmer schob.

In einem klaren Moment gewann dann doch mein Kopf.

Ich nahm meine Hand aus seiner Hose und ging einen Schritt zurück. Etwas irritiert von meiner Reaktion schaute er mich dann an.

„Du Will, du bist echt großartig, aber ich mache sowas nicht. Ich weiß auch nicht, was mich hierzu bewogen hat. Es tut mir leid, wenn ich dir gerade falsche Hoffnungen gemacht habe."

„Ach Sunny, alles gut", erwiderte er, sah mich wirklich sehr verständnisvoll an und gab mir noch einen Kuss. Wir gingen wieder nach unten und machten es uns dann noch im Wohnzimmer bequem und redeten dort weiter, als wäre das alles vorher gar nicht passiert. Ab und zu versuchte er, mich noch zu küssen, aber jegliche weiteren sexuellen Aktionen wehrte ich von da an ab. Im Hinterkopf kam mir, während wir uns unterhielten dann auch der Gedanke, ob ich durch das, was ich zunächst 'erlaubt' hatte, vielleicht alles Weitere verbaut habe. Ich war nie leicht zu haben und wollte auch nicht als jemand gelten, der jeden ranlässt. Aber bei Will hatte ich für einen kurzen Moment meine Tugenden vergessen und bereute es nun insgeheim. Nicht, weil es nicht schön war, denn das war es. Sondern aus Angst, was er von mir denken könnte. Ich selbst dachte von mir diesbezüglich auch nicht gerade positiv. Scham breitete sich in mir aus.

Die Zeit rannte. Wie im Flug waren vier Stunden vergangen und Will musste zu seinem Termin. Insgeheim war ich etwas traurig, dass die Zeit mit ihm so schnell verging. Ich hätte ihn gerne noch viel länger bei mir gehabt. Es war so leicht. So einfach. Es war schön, ja das war es und ich mochte ihn, das konnte ich definitiv nach dieser kurzen Zeit sagen.

Als die Tür ins Schloss fiel, stand ich erst einmal wie versteinert da, nicht wissend, was hier heute Morgen eigentlich passiert war. Ich wusste gar nichts mehr. Warum bin ich nur so weit gegangen? Mochte ich ihn? Oder war es nur das Gefühl, welches er mir gab? Durch ihn fühlte ich mich wieder attraktiv. Doch würde er mich nach meiner Sexabsage wiedersehen wollen?

Wollte ich ihn denn überhaupt wiedersehen? Mein Kopf wurde von einem Tornado von Fragen durchgeschüttelt. Am liebsten hätte ich Clara oder Saidi angerufen. Doch was sollte ich ihnen denn sagen? Ich hatte ihnen noch nicht mal etwas von diesem Treffen erzählt und dann sollte ich ihnen sagen, dass ich fast Sex mit einem mir fast unbekannten Mann gehabt hätte? Dies hatte ich mir allein eingebrockt und musste vorerst auch allein damit klarkommen.

* Im Leben kannst du gegen alles kämpfen, außer gegen deine Gefühle*

Kapitel 6

Lange konnte ich meine erste Date-Erfahrung nicht vor
Saidi und Clara verheimlichen. Wie Schweißhunde
witterten sie, dass etwas mit mir passiert war. Ich
redete die letzten Tage nicht mehr von Tom und
meinen Problemen. Stattdessen lief ich, ohne es zu
wissen, wohl mit einem dicken, breiten Grinsen durch
die Gegend. Nach der Yogastunde an einem Mittwoch
wurde ich dann von ihnen auf der Matte festgehalten
und musste erzählen, was denn meine plötzliche
Gemütsveränderung herbeigeführt habe. Ich erzählte
ihnen alles, angefangen vom Speed-Dating bis hin zu
meinem Frühstücksdate mit Will und zögerlich
erwähnte ich dann auch wie weit es wirklich zwischen
mir und Will gegangen ist.

Wie ich es mir gedacht hatte, waren die beiden
natürlich unterschiedlicher Ansicht. Saidi meinte, ich
solle mich ruhig austoben, dann wisse ich wenigstens,
was ich wirklich will. Außerdem sei es gut, um sich
abzulenken von dem ganzen Kram mit Tom, und wieso
sollte nur mein Ex seinen Spaß haben dürfen.
Gleichberechtigung, das war Saidis Devise.

Clara war hier anderer Ansicht. Sie fand es gar nicht
gut, dass ich mich so schnell so intim auf jemanden
eingelassen hatte. Zudem noch auf jemanden, der
nichts Festes wollte, wie ich ihnen leider auch
berichtet hatte. Nichts Festes, ja das war das, woran

sich Clara am meisten störte. Was sollte dies bedeuten? Dann hätte er doch gleich sagen sollen, dass er nur Sex möchte und dann bye-bye oder gar nicht erst irgendwas versuchen, da er ja wusste, wie meine Vergangenheit aussah.

Es war so, als könnte ich meinem Gefühl nicht mehr trauen, als würden mein Herz und mein Kopf ein Eigenleben führen und das verunsicherte mich insgeheim sehr. Vielleicht wollte ich auch nur, dass er genauso fühlte wie ich, beziehungsweise das Gleiche gefühlt hatte, wie ich. Aber was hatte ich gefühlt? Auch nach den vergangenen Tagen konnte ich meine Gefühle ihm gegenüber gar nicht einordnen. Er hat sich am selben Abend noch bei mir gemeldet, was bei mir zu einer ziemlichen Erleichterung geführt hatte, und er wollte sich wieder mit mir treffen. Dass er nicht essen gehen wollte oder ähnliches, war für mich zu diesem Zeitpunkt völlig okay, da ich mich auch ungern mit einem fremden Mann in der Öffentlichkeit treffen mochte. Besonders nicht in unserer Kleinstadt, wo alle anderen vor einem selbst wissen, wer mit wem und wieso und weshalb.

Wir redeten noch lange über Will, jedoch hatte ich für mich beschlossen, dass ich gegenüber meinen Freundinnen erst einmal nicht das Gespräch in Hinblick auf 'Gefühle' vertiefen würde, da ich insgeheim schon wusste, dass dies ihrerseits zu einer Intervention führen würde und darauf hatte ich keine Lust. Ich war schließlich fünfunddreißig Jahre alt und groß genug, um auf mich und meine Gefühle achtzugeben.

Rückblickend würde ich mich für diese Annahme gerne ohrfeigen.

Will und ich schrieben uns jeden Tag. Morgens wurde ich mit einem 'Guten Morgen' geweckt und auch abends gab es 'Gute Nacht'-Nachrichten. Es verging kaum ein Augenblick, in dem ich nicht an ihn dachte. Er hat mir in der kurzen Zeit das Gefühl von Sicherheit und Zuversicht gegeben, welches ich lange schon nicht mehr hatte. Und all dies ließ mich für einen Moment glücklich durch die Welt laufen. Kein Tom und keine Geldsorgen, keine negativen Gedanken, einfach nur pure Zufriedenheit.

Da ich an einem Freitag sowieso beruflich einige Dinge in der Stadt zu erledigen hatte, konnte ich das Nützliche mit dem Angenehmen verbinden und besuchte Will in seinem Büro, welches, oh Zufall, auch in Stadt lag. Wir redeten über Gott und die Welt, und es schien, als würden uns nie die Gesprächsthemen ausgehen können. Jedoch konnte man auch mit jeder Minute, die wir zusammen verbrachten, die fast schon magnetische Anziehungskraft spüren. Funken flogen und auch die sexuelle Anziehung wurde immer spürbarer. Will erzählte mir von den Renovierungsarbeiten, die im Keller stattgefunden hatten und fragte mich, ob ich Interesse hätte, seinen neu gestalteten Mitarbeiterbereich zu sehen. Da ich mich seit meiner Renovierungsaktion im Haus sehr für dieses Thema interessiere, stimmte ich ihm zu und folgte ihm zwei Treppen hinunter in den Keller. Auf der vorletzten Treppenstufe wurde ich von seinem abrupten Stoppen aufgehalten. Er stand schon auf dem Kellerboden und war, obwohl ich noch zwei Stufen höher stand, immer noch größer als ich. Langsam drehte er sich um und sah mir tief in die Augen, legte beide Hände auf meinen Rücken und zog mich ganz dicht an sich heran, damit er mich küssen konnte. Ich schob meine Hüfte gegen seine und gab ihm einen Kuss. Dieser Kuss war anders als unser erster, er war voller Begehren und ich wusste genau, was ich wollte. Ich legte meine Arme um seinen Oberkörper, sodass ich mit meinen Händen seinen Kopf umfassen konnte. Und zog ihn noch dichter an mich ran. Mit meiner Hüfte nahm ich seinen vor Erregung gewachsenen Penis wahr. Diesmal war ich darauf vorbereitet und hatte mich entschieden, mir Saidis Rat zu Herzen zu nehmen und mein Leben zu genießen, auch was die Männerwelt anbelangte. Ich fühlte mich wie zu meiner Teenagerzeit: frei und wild. Keiner konnte mir etwas vorschreiben. Ich wollte Spaß haben und ich wollte diesen Spaß mit ihm haben. Hier und jetzt.

Während er mit einer Hand meinen BH geöffnet hatte und mit seinen sehr weichen, großen Händen meine Brüste sanft massierte, öffnete ich seine Hose und diese glitt dann auch sofort bis in seine Kniekehlen. Er trug eine enganliegende Boxershort, in der deutlich zu sehen war, dass er genauso dachte wie ich. Noch auf der Treppe stehend ließ ich meine Hand in seine Hose gleiten und umfasste seinen Penis. Erst etwas zaghaft, dann aber fester. Ich vernahm Saidis Worte währenddessen: „Sei mutig, genieße dein Leben!" und dies ließ mich dann auch seine Boxershort runterziehen und jegliches 'Richtig' oder 'Falsch' vergessen. Ich begann, seinen Bauch zu küssen. Langsam wagte ich mich Stück für Stück, ganz zärtlich vor, bis ich ganz in der Nähe von seinem Glied war. Mit meiner Zungenspitze liebkoste ich seinen Intimbereich, bis ich irgendwann seinen Penis in die Hand nahm und auch ihn sanft zu küssen begann. Erst vorsichtig, und dann fragte Will mich, ob ich ihn in den Mund nehmen würde, und ich tat es. Nicht weil er es wollte, sondern weil ich ihn wollte. Ich spürte, wie sein Körper während meiner Liebkosungen vor Erregung zu zittern begann und ich küsste ihn noch intensiver. Ich wollte, dass es schön für ihn war und kurz darauf kam er auch schon. Mit rosigen Wangen lächelte er mich sehr lieb an, nahm mich in den Arm und küsste mich innig. Seine Zunge berührte meine und in mir stieg auch unermessliche Erregung auf. Ich stand immer noch auf der Treppe, leicht an die Wand gelehnt und genoss seine leidenschaftlichen Küsse. Er wanderte langsam von meinem Mund runter zu meinem Hals. Er schob seine Hände unter mein Shirt und streichelte sanft meinen Rücken, während er mit seinen Küssen immer tiefer wanderte. Jeder Kuss hinterließ ein kribbelndes

Gefühl, als ob auf meiner Haut kleine, angenehm lodernde Feuerchen entstünden. Geschickt öffnete er mit einer Hand den Knopf meiner Hose und ließ sie etwas hinuntergleiten. Mein schwarzer Spitzentanga kam zum Vorschein. Will ging auf die Knie, zog ihn mit seinen Zähnen hinunter, und begann dann zärtlich meinen Venushügel zu liebkosen. Schauer durchzogen meinen ganzen Körper. Wie elektrisiert stand ich auf der Treppe und genoss jede einzelne Berührung. Es war surreal, diese sexuelle Anziehung hatte ich noch nie für einen Mann empfunden. Wir waren wie zwei Magnete, die sich, sobald sie nur nah genug beieinander waren, stark anzogen und nur schwer wieder voneinander lassen konnten. Ich gab mich ihm hin, bis ich vor lauter Erregung nicht mehr konnte. Meine Beine wurden weich und als hätte Will dies gespürt umfasste er meinen Oberkörper und trug mich, während wir uns weiter innig küssten, in den Pausenbereich, um mich dort sanft auf einer Bank abzusetzen. Ich genoss jede Berührung von ihm. Jeder Kuss brachte mich der Ekstase und dem Höhepunkt näher und näher. Irgendwann konnte ich nicht mehr. Vor lauter Verlangen wölbte sich mein ganzer Oberkörper und ich kam. Will beugte sich über mich, lächelte mich an und fragt leise „Alles gut, Kleine?"

Ich antwortete, indem ich ihn noch einmal dicht zu mir zog und ihm einen langen, intensiven Kuss gab.

Nachdem wir uns wieder hergerichtet und alle Indizien für unser kurzes Tête-á-Tête beseitigt hatten, gingen wir wieder zurück nach oben zu den Büroräumen. Irgendwie war die Stimmung merkwürdig, nachdem wir uns einander hingegeben haben. Ein klein bisschen Scham durchfuhr meinen Körper. Wir tranken noch einen schnellen Kaffee, da ich dann auch nach Hause musste, weil Ben bald von der Schule kommen würde und ich ihm versprochen hatte, sein Lieblingsessen zu machen. Wir verabschiedeten uns mit einer Umarmung und kaum war ich in meinem Auto, durchzog mich wieder dieses Gefühl, welches ich auch schon bei unserer ersten Begegnung gehabt hatte. Ich hatte aber keine Zeit, mich hiermit näher zu beschäftigen, da in diesem Moment auch schon eine Nachricht von Will kam. „Danke, es war sehr schön!"

Einerseits hatte mich diese Nachricht sehr gefreut, andererseits hatte sie auch irgendetwas Komisches. Ich war mir nicht sicher, ob man sich wirklich für eine sexuelle Handlung bedanken musste. Es hatte für mich beim näheren Grübeln schon etwas von Geschäftlichkeit. Es war im Nachhinein sehr abgeklärt von Wills Seite aus.

Liebe braucht nicht immer perfekte Umstände

Kapitel 7

Die folgende Woche plätscherte so vor sich hin. Will und ich telefonierten fast täglich. Es gab immer irgendetwas, worüber man reden konnte. Etwas wie unangenehme Stille kam bei uns nie auf. Jeden Morgen startete ich mit guter Laune, zu wissen, dass es da jemanden in meinem Leben gab, dem ich wichtig war. Natürlich hatte ich auch Ben und meine Eltern und Freunde. Dass es aber wirklich noch mal einen Mann geben würde, der mein Herz auf eine komische Art und Weise berührt, hätte ich nicht zu glauben vermocht. Und das dies so schnell nach meiner Trennung geschehen würde schon gar nicht. Dieser Gedanke klingt wahrscheinlich eigenartig, und hätte ich ihn vor Saidi und Clara geäußert, wäre mir wahrscheinlich recht schnell der Kopf zurechtgerückt worden. Aber dieses Gefühl, jemandem alles erzählen zu können, ohne Angst und Scham, das hatte ich außer bei Saidi und Clara schon lange nicht mehr gehabt. Auch bei Tom hatte ich mit den Jahren immer mehr meine Gefühle hintenangestellt, aus Angst, nur belächelt zu werden. Irgendwas hat sich an meiner Sichtweise geändert. Und das kann nicht nur an der Begegnung mit Will gelegen haben. Vielleicht, ja vielleicht waren es ja doch die Bücher von Clara. Nach langem Sträuben habe ich mir jedes ihrer Bücher sorgfältig durchgelesen und es wurden jede Woche mehr. Sichtlich schien ich Gefallen an der Thematik der

Spiritualität zu finden. Das bemerkte auch Clara eines Morgens, als ich sie wieder nach neuem Input fragte.

Ich beließ es nicht beim reinen Lesen, nein ich kam, wenn auch langsam, in die Umsetzung. Ich fing an mit positiven Affirmationen, das sind Glaubenssätze, die man positiv formuliert. Also nicht mehr: 'Ich bin zu blöd, ich kann nicht'. Sondern 'Ich bin gut, ich bin mutig, ich bin schön' und so weiter. Diese Glaubenssätze integrierte ich fest in meinem Alltag und bemerkte erst hier, mit welch einer negativen Grundstimmung ich bisher durchs Leben gegangen bin. Irgendwie schien alles etwas leichter zu werden mit jedem Tag, den ich mich um mich, mein Herz und meine Seele kümmerte. Und all dies hätte ich nicht ohne Clara erfahren, die genau wusste, warum sie die Bücher für mich dagelassen hatte. Sie war schon immer sehr besonders. In ihrer Nähe fühlte man sich gleich geborgen und verstanden. Sie strahlte eine Herzlichkeit und Wärme aus, die direkt aus ihrem Herzen zu kommen schien. Über Spiritualität haben wir zuvor kaum bis nie gesprochen, deshalb war ich auch an jenem Morgen im Freibad überrascht, wie spirituell Clara tatsächlich war.

Wir hatten beschlossen, in diesem Sommer etwas für unsere körperliche Fitness zu tun und so trafen wir uns regelmäßig, wenn wir unsere Jungs in die Schule gebracht hatten, in unserem Freibad und zogen unsere Bahnen. Nach jedem Mal bildeten wir uns ein, unsere

Dellen und Röllchen, welche wir zuvor noch gegenseitig kritisch in der Umkleidekabine begutachtet hatten, wären ganz sicher weniger geworden. Zudem konnte man sich beim Schwimmen sehr gut über Gott und die Welt unterhalten und war danach auch noch erfrischt für den Tag. Hier kam Clara auch das erste Mal auf das Thema 'Gesetz der Anziehung'. Gelesen hatte ich dies schon des Öfteren, aber was es genau bedeutete, war mir bis zu diesem Morgen gar nicht bewusst.

„Mensch Sunny, wenn du immer nur schlecht von dir denkst, warum sollten denn andere gut von dir denken?" fragte sie mich. „Es ist so", fuhr sie fort, „alles im Universum ist Energie, und wenn wir negative Energie ausstrahlen, ziehen wir sie auch an. Dies führt dazu, dass man nie vom Fleck kommt und sich der Teufelskreis des Schlechtdenkens immer weiter fortsetzt."

„Hmmm, du meinst also", sagte ich, „ich soll positiv denken und dann passieren immer nur noch gute Dinge? Aber ich sage mir doch schon jeden Tag gute Dinge über mich! Mir geht es wirklich schon besser, aber die Probleme sind noch da."

„Du solltest aber auch versuchen, aus deinen Problemen etwas Positives zu schöpfen, oder es erst gar keine Probleme werden zu lassen. Denke dir doch einfach: 'Alles ist gut!' Du kannst doch nichts verlieren und hast doch selbst gerade bemerkt, dass die positiven Affirmationen dich bestärkt haben, oder etwa nicht? Also probiere es doch einfach aus, du kannst nur glücklicher werden."

Nach einer Stunde Wassersport waren wir doch etwas durchgefroren und beschlossen, nach der Dusche noch einen schnellen Kaffee bei ihr zu trinken. Da Claras Haus fußläufig nur circa einhundert Meter vom Freibad entfernt lag, gingen wir die paar Meter zu Fuß. Mein altes Fahrrad hatte ich bei Clara abgestellt, damit auch ja niemand in die Versuchung kommt, dieses antike Relikt zu stehlen.

Bei Clara angekommen, wurden wir von Jule, ihrer kleinen Malteserhündin, freundlich begrüßt, die sich vor Freude gleich etwas erleichtern musste. Clara brühte per Hand einen Kaffee auf und der Duft erfüllte sogleich das ganze Haus. Ich setzte mich, während Clara noch in der Küche rumwirbelte, auf ihre liebevoll eingerichtete Veranda. Sie hatte diese mit viel Liebe zum Detail und sicherem Gespür für Ästhetik gestaltet. Man fand Kissen und Blumen in der passenden Farbe und auch die Kerzen bildeten ein harmonisches Gesamtbild. Es fühlte sich immer wie Urlaub an, wenn man diesen Platz betrat. Clara kam mit einem großen Tablett hinaus, auf dem unser Kaffee, Kekse und zwei Bücher lagen.

„Hier mein Schatz", sagte sie zu mir, „Kaffee fürs Herz und Bücher für die Seele."

Diesmal fragte ich erst gar nicht wieso, denn dass Clara wusste, was ich für meinen Weg brauchte, war mir schon seit längerem bewusst geworden. Nachdem wir den Kaffee ausgetrunken hatten, nahm ich die Bücher und bedankte mich mit einem Kuss auf die Wange bei ihr. Dann verabschiedete ich mich und beschloss, gleich zu Hause einen Blick in meine neuen Ratgeber zu werfen.

Zu Hause angekommen, packte ich die Schwimmsachen aus, holte eine Portion Mittagessen aus dem Gefrierschrank und setzte mich mit meinen beiden neuen Büchern auf mein Bett. Ich ließ meinen Blick kurz durch mein ordentliches Schlafzimmer schweifen. Das Bett war gemacht, die Vorhänge hingen akkurat und alles in allem war es ein wunderschöner Raum geworden. Nachdem Tom ausgezogen war, hatte ich auch hier das Gefühl, etwas verändern zu müssen. Ich tapezierte eine Wand in einem wunderschönen blauen Ornamentmuster, färbte den Überzug von meinem Bett und kaufte noch neue Nachttischleuchten.

Während ich so auf dem Bett saß, wurde mir aber noch etwas anderes bewusst. Wann hatte ich denn eigentlich das letzte Mal Fernsehen geschaut? Ich blickte zum Fernseher, welcher an der Wand über meiner Kommode angebracht war und sah nur den Stecker, der ausgezogen herunterhing. Weiter hinunterblickend, sah ich dann auch sogleich den

Grund für meine unbewusste Fernsehabstinenz: Bücher… viele Bücher. Ich hatte mit Claras Büchern begonnen und mir dann noch, um mich weiter mit den Themen Selbstfindung, Spiritualität, Kommunikation, Sexualität und Beziehung beschäftigen zu können, eigene hinzugekauft. Sonst habe ich mir immer zum Einschlafen irgendeine Soap angestellt, den Timer des Fernsehers auf dreißig Minuten eingestellt und bin dann eingeschlafen und meistens morgens wie gerädert aufgewacht. Nun lese ich etwas zu einem Thema, das mich in diesem Moment gerade interessiert und wache morgens voller Energie und Tatendrang auf. Selbst Ben hat letztens bemerkt, dass ich morgens viel besser drauf bin und etwas 'gechillter' sei.

Und ja, auch ich selbst fand langsam Gefallen an der neuen Sunny. Ich hatte das Gefühl, das mein Gehirn, welches Jahre lang nur die To-do-Listen bezüglich, Haushalt, Kind und Familienleben abgearbeitet hat, nun endlich wieder eine Aufgabe hatte. Es durfte wieder richtig arbeiten. Neues lernen, den Horizont erweitern und wachsen.

Während ich die neuen Bücher durchblätterte und mich für 'Gespräche mit Gott' entschied, vernahm ich den Nachrichtenton meines Smartphones. Ich legte das Buch zur Seite und rollte mich rüber zu meinem Nachttisch, auf dem es lag. Es war Will, er schickte mir einen Kussmund-Smiley und fragte dann, ob ich nicht

Lust auf ein Treffen hätte. Da ich dieses Wochenende Ben hatte, schlug ich das nächste Wochenende vor und freute mich riesig, als Will sagte, dass ihm das auch gut passt.

Ein Mensch, der sich über Kleinigkeiten freuen kann, wird immer glücklicher sein als einer, dem nichts gut genug ist

Kapitel 8

Wie ein kleines Kind, welches die Tage bis Weihnachten zählt, so zählte ich die Tage, bis es endlich Samstag war. Für Samstag hatten Will und ich uns zum gemeinsamen Kochen bei ihm verabredet. Ben war bei seinem Dad, deshalb wurde dieses Date auch gleich mit Übernachtung geplant. Damit man gemütlich noch ein oder zwei Gin trinken konnte, denn die Leidenschaft für dieses alkoholhaltige Getränk hatten Will und ich auch gemein. Wir beschlossen, etwas Einfaches zu kochen und entschieden uns für Steaks mit Pommes. Ich war für die Fleischbeschaffung zuständig und Will sollte sich um die Beilagen kümmern, also Pommes kaufen. Er meinte noch, es sollte auch etwas Gesundes geben. Also beschloss er kurzerhand, auch noch einen Salat zaubern zu wollen.

Bis Samstag waren es noch ein paar Tage, aber als Frau braucht man ja manchmal etwas Vorlaufzeit. Also habe ich mir auf Anraten von Saidi, die einen leichten Schock über den Wildwuchs um meine Körpermitte bekam, als wir zusammen in der Sauna waren, einen Termin beim Brazilian Waxing geben lassen. Dies sei heute so normal wie Zähne putzen meinte Saidi und die Frisur, die ich *da* momentan trug, sei sowas von veraltet und nicht mehr datingkompatibel. Mir war zwar nicht bewusst, wann Saidi von dem Fashionprofi zur Intimfrisurberaterin avanciert ist, jedoch war ich offen für jegliche Art von Ratschlag.

So brachte ich an diesem Donnerstag Ben in die Schule und machte mich dann auf den Weg in die Nachbarstadt, um meinen ersten Waxingtermin wahrzunehmen. Vielleicht würde ich auch noch etwas Nettes für unten drunter kaufen, denn als ich das letzte Mal meine Unterwäsche begutachtet hatte, musste ich feststellen, dass die einstigen La Perla Strings irgendwie weißen, unerotischen Schwangerschaftsunterhosen gewichen sind. Und mein BH Sortiment bestand nur noch aus Sport BHs.

Etwas aufgeregt betrat ich das Waxing-Studio und wurde gleich sehr freundlich von Lou in Empfang genommen. Sie war eine afroamerikanische Schönheit mit Haaren bis zur Hüfte, wunderschönen braunen Augen und einem Lächeln, als würde die Sonne aufgehen. Lou sah mir meine Unsicherheit an und bat mich, mich freizumachen und auf die Liege zu legen, welche schon auf mich zu warten schien. Mit etwas Scham legte ich meine Kleidung ab, ärgerte mich im selben Moment, dass ich heute eine Strumpfhose anhatte, da ich diese auch ausziehen musste. Leider hatte ich das Herrichten meiner Füße auf Freitag verschoben und so versuchte ich, so gut es ging, meine Füße mit dem Nagellack, der nur noch fragmenthaft vorhanden war, zu verbergen. Ich hatte mich für ein komplettes Intimwaxing entschieden. Im Nachhinein hätte ich mich dafür ohrfeigen können. Das warme Wachs an Stellen zu bekommen, die sonst nur mit Wasser in Berührung kommen, war schon nicht angenehm, aber bei jedem Auftragen auch zu wissen, dass es sogleich auch wieder mit einem Ruck entfernt wird, war am schlimmsten. Nachdem ich schon eine halbe Stunde schweißgebadet auf der Liege zugebracht hatte, meinte ich zu Lou, es würde doch auch so gehen. Lou lächelte nur und erwiderte, was man anfängt muss man doch auch beenden. So sähe das nicht gut aus. Also biss ich die Zähne noch weitere zwanzig Minuten zusammen, um dann glatt wie ein Babypopo, jedoch mit Angstschweiß durchnässt, das Studio zu verlassen. Zur Belohnung beschloss ich, mir das wunderschöne Dessous-Set aus schwarzer Seide zu kaufen, welches ich bei meinem letzten Besuch in der Stadt im Schaufenster gesehen hatte. Mutig betrat ich seit Jahren das erste Mal wieder ein Dessousgeschäft, nahm mir mein Objekt der Begierde und verschwand damit in einer Umkleidekabine. Es passte perfekt und verdeckte sehr gut die dezente Narbe, die ich durch den Kaiserschnitt mit Ben bekommen hatte. Sie war kaum zu sehen, jedoch wurde mir auch in diesem Moment klar, dass es sein könnte, dass mich Will am Samstag das erste Mal komplett nackt sehen könnte. Ich sah in der Umkleidekabine an mir hinunter, sah die Narbe, welche sich einmal horizontal über meinen unteren Bauch erstreckte. Sah dann meinen Bauch an. Ja er war flach, jedoch zeichneten sich auf ihm kleine feine Linien ab, sogenannte Schwangerschaftsstreifen, die sich leider nicht nach der Geburt von Ben zurückgebildet hatten. Entmutigt setzte ich mich auf den Hocker, der wie auf mich zu warten schien. Wie soll ich mich nur jemand Fremden zeigen, wenn ich so aussehe? Zweifel kamen in mir auf. Was, wenn er das eklig oder sogar abstoßend fand? Mit Tränen in den Augen kramte ich in meiner Handtasche, um nach meinem Handy zu suchen. Ich wählte Saidis Nummer. Ein kurzes Klingeln und schon hörte ich auch ihr sehr erotisch klingendes „Heeelllllooo Süße." Ich erklärte ihr, was mein Problem sei und dass ich echt vor einem Nervenzusammenbruch stünde. Saidi war für mich das Paradebeispiel einer selbstbewussten Frau. Sie gab grundsätzlich einen Mist darauf, was andere von ihr denken könnten. Sie machte immer ihr Ding. Egal, ob bei ihrer Arbeit oder in Bezug auf ihren Kleidungsstil. Ich überlegte mir vorher immer zehnmal, ob ich dies oder das anziehen könnte. Sie zog an, was ihr gefiel und sie sah trotz ihrer zwei bis drei Kilo zu viel, immer supergut gestylt und selbstbewusst aus. So durfte ich mir auch kurz darauf eine Standpauke anhören, die sich gewaschen hatte. Saidi meinte, ich sollte in den Spiegel schauen und mir sagen, dass ich verdammt nochmal eine richtig heiße Frau sei. Jeder der dies nicht sähe oder wertschätze, hätte mich und meinen Körper nicht verdient. Ich habe Leben erschaffen und das gehört dann halt dazu. Ich solle meinen Kopf aus dem Arsch ziehen und endlich mal an meine Schönheit glauben.

Nachdem sie mir den Kopf gewaschen hatte, ging ich etwas ermutigter aus der Boutique heraus. In meiner Hand hielt ich eine prall gefüllte Tüte mit den neuen Dessous und noch ein paar anderen neuen Teilen für unten drunter, denn die Zeit für Schwangerschaftsschlüpfer war nun definitiv vorbei. Voller Freude über den Tag und meinen Mut gönnte ich mir erst einmal einen schönen Kaffee. Mit einer extra Portion Sahne.

* Erst wenn deine Seele leuchtet, zeigt sich deine wahre Schönheit*

Kapitel 9

Es war Samstag, noch bevor der Wecker überhaupt
seine Arbeit verrichten konnte, sprang ich voller Elan
aus meinem Bett und war bereit für einen Tag, auf den
ich mich schon die ganze Woche gefreut hatte.
Nachdem ich eine ausgiebige Runde mit Miley gedreht
und das Nötigste im Haushalt erledigt hatte, war es an
der Zeit, sich einem anderen Problem anzunehmen.
Meinem Körper. Trotz Gewichtsverlust und täglichem
Schwimmen, sah man ihm seine fünfunddreißig Jahre
an. Das Problem hier war nur, dass ich mich wesentlich
jünger fühlte. Somit ging ich im Netz auf die Suche
nach einem Video, welches mir zu meiner Wunschfigur
verhelfen sollte. Und versuchte, jeden Morgen, die
Übungsanleitungen so gut es ging auszuführen.

Dieser Motivationsschub hatte aber nicht nur etwas
mit dem bevorstehenden Date mit Will zu tun. Eine
gewisse Routine hatte in den letzten Wochen bei mir
Einzug gehalten. So stand ich jetzt immer zwei Stunden
früher auf und begann meinen Tag mit Sport und
Meditation, und etwas Zeit nur für mich. Besonders als
ich in meinem Bekanntenkreis beiläufig erwähnte, dass
ich nun meditiere, wurde ich mehr als skeptisch
beäugt. Am Anfang war es auch eine echte
Herausforderung für mich, den Kopf auszuschalten
und an nichts zu denken. Sich auf sich und den Atem
zu konzentrieren. Doch von Morgen zu Morgen wurde
ich besser. Ich wurde gelassener und konnte mehr und

mehr entspannen. Auch an diesem Samstag nahm ich mir nach meinem Sport noch die Zeit für eine kurze Meditation. Ben war schon seit Freitag bei Tom und ich war ganz allein zu Hause und konnte die Stille vollkommen genießen.

Nachdem ich mich frisch gemacht hatte, fuhr ich zum Fleischer meines Vertrauens, bei dem ich schon am Anfang der Woche die besten Steaks für den Abend mit Will bestellt hatte. Da Will alles andere besorgen wollte, war ich schnell mit meinem Einkauf fertig und beschloss, noch Clara zu besuchen. Aus 'nur mal schnell' wurden, wie gewöhnlich, zwei Stunden, und so kam ich erst am Nachmittag wieder nach Hause.

Ich verstaute die Einkäufe und sah dann erst, dass ich sechs verpasste Anrufe von Will hatte. Kurzerhand wählte ich seine Nummer und befürchtete schon, dass er absagen würde.

Dies tat er nicht. Er erzählte mir nur, dass er es nicht geschafft hatte, einzukaufen, da er mit seinen Freunden spontan unterwegs war und ob ich die Dinge mitbringen könnte? Jeder andere Mensch hätte vielleicht gelassen auf diese Bitte reagiert, aber für mich war das ein rotes Tuch. Diese Bitte triggerte mich dermaßen, dass ich erst nicht wusste, was ich auf Wills Bitte entgegnen sollte. Viel zu oft hatte Tom mich damals versetzt. Viel zu oft wurden Versprechen von Tom nicht gehalten und ich wurde enttäuscht. Dies alles wusste Will nicht, aber er musste es jetzt ausbaden. Ich sagte ihm kurz angebunden, dass das so nicht läuft und verabschiedete mich mit einem kurzen, sehr scharfen „Bye".

Will versuchte daraufhin mehrmals, mich zurückzurufen, jedoch antwortete ich nicht. Ich wollte mich nicht erklären. Oder irgendwelche Ausreden hören. Das hatte ich jahrelang über mich ergehen lassen. Hier liegt wohl auch das Problem in der Selbstfindung. Ich hatte für mich in letzter Zeit Dinge gefunden, die ich nicht mehr tolerieren wollte, und wenn es auch nur um ein paar Pommes und Salat ging. Für mich hatte dies etwas mit Respekt zu tun. Ich hatte mich auf das Treffen gefreut. Ich hatte es geschafft, meine Dinge zu erledigen. Und Will, ihm schien es nicht wichtig genug zu sein. Nein, so etwas hatte ich schon und wollte ich nie wieder haben. Ich verdiente Respekt und dass der andere sich für mich anstrengt und ins Zeug legt.

Da ich nun vier riesige Steaks im Kühlschrank hatte, lud ich spontan Clara und Saidi ein, um mit ihnen über das, was geschehen war, zu reden. Außerdem war der letzte Mädelsabend eh schon viel zu lange her.

Nach dem Essen wurde das ganze Gespräch zwischen Will und mir bis ins kleinste Detail besprochen und beide waren natürlich auf meiner Seite.

„Ganz ehrlich, wenn er es noch nicht einmal schafft, Pommes zu besorgen, Schatz, dann schieß ihn in den Wind!", sagte Saidi mit einem leicht abfälligen Ton.

„Ja habe ich ja auch, aber…" entgegnete ich.

„Nichts aber" fiel Clara mir ins Wort, „kenne deinen Wert und setze Grenzen. Wenn jemand schon am Anfang eines Kennenlernens so leichtfertig mit Abmachungen umgeht, dann lass die Finger davon. Wie groß muss die Redflag denn noch sein? Du bist verdammt nochmal ein wertvoller Mensch, sieh das doch endlich mal ein, Sunny."

Natürlich hatten die beiden Recht und ich stand auch hinter meiner Meinung. Trotzdem gab es da dieses ABER. Mein Aber war nämlich ein: Aber ich mag ihn irgendwie.

Ja ich mochte ihn wirklich. Was verrückt war, denn ich kannte ihn kaum und das Gefühl, welches er mir gab, konnte ich auch nicht richtig einordnen, es war aber eben ein Gefühl…
Da die beiden sich nach der zweiten Flasche Rosé schon so auf die allgemeine Unfähigkeit von Männern eingeschossen hatten, war jedes 'Aber' überflüssig. Es war lustig zu sehen, dass, obwohl beide in sehr glücklichen Beziehungen waren, trotzdem sehr gut mitreden konnten.

„Männer hören grundsätzlich nicht zu", meinte Clara, deren Aussprache mit zunehmendem Alkoholpegel immer undeutlicher wurde. Was aber sehr lustig und irgendwie auch sehr sympathisch war. Clara war von uns dreien immer die, die sich sehr zu benehmen wusste. Sie wägte immer ab, ob sich etwas schickt oder etwas angemessen war. Es gab aber auch diese andere Seite von Clara, die meist nach den ersten zwei Gläsern Wein zum Vorschein kam. Diese lustige, fast schon infantile Art. Diese Art von: 'Was kostet die Welt?' Und 'wer will mir schon was?'

Wir lachten so laut, dass die Nachbarn von nebenan sich beschwerten. Daraufhin stand Clara auf, zog ihre Yoga Hose runter, drehte sich um und zeigte ihren entblößten Hintern. Und rief lauthals „Wiiieerr terrapiieren geeerade, siie Puuuups!" Ich zog sie zur Seite und wir beide fielen um. Lachend lagen wir wie zwei Maikäfer auf dem Rücken. Mein Bauch begann vor lauter Lachen weh zu tun und ich war mir nicht sicher, ob mein Beckenboden stark genug für diesen Lachanfall war. Freudentränen liefen mir die Wangen runter, was mal eine schöne Abwechslung war. Saidi, die sich ihre Brille abnehmen musste, um ihre Lachtränen zu trocknen, schaffte es zeitgleich, noch einige Fotos von uns zwei Schnapsdrosseln zu machen. 'Beweisfotos' nannte sie dies.

Am Abend, als Saidi und Clara gegangen waren, beseitigte ich noch die grobe Unordnung und verschob das gründliche Aufräumen auf den nächsten Tag. Ich machte mich fertig fürs Bett. Die nötige Bettschwere hatte ich dank der vier Flaschen Rosé erreicht.

Am nächsten Morgen wurde ich von einem wunderschönen blauen Himmel und zwitschernden Vögeln geweckt. Ich hatte anscheinend am vorigen Abend vergessen, die Jalousien hinunterzulassen. So fiel mein Blick gleich auf das großartige Wetter, welches einen schönen Tag ankündigte. Ich reckte und streckte mich, und beschloss, heute Morgen gleich schwimmen zu gehen, aber zuerst sollte ich vielleicht doch noch etwas Schnelles frühstücken. Ich machte mir ein Müsli und suchte, während mein Kaffee durchlief, mein Telefon. Nach einer gefühlten Ewigkeit fand ich es im Obstkorb wieder und sah, dass ich eine Nachricht von Will bekommen hatte.

„Hey Kleine, können wir telefonieren?"

Nicht wissend, ob ich das richtige tat, rief ich ihn kurzerhand an.

„Hey, na" kam es vom anderen Ende der Leitung. „Na", erwiderte ich. Es gab zwar so viel was ich sagen wollte, doch ich blieb still.

„Eh, Sunny, komm mal runter. Es waren doch nur Pommes, warum drehst du deshalb gleich durch?"

„Ja du hast Recht, Will. Es waren nur Pommes, aber mir geht's hier ums Prinzip. Es geht darum, dass man jemanden wertschätzt und für wichtig erachtet. Es geht darum, dass ich mich auf dich gefreut hatte, du dich anscheinend aber nicht auf mich."

„Okay, also ich gebe zu, ich hätte vorher einkaufen können, habe es irgendwie verpeilt. Es tut mir leid. Aber das ganze Date deswegen abzusagen, das war schon krass, findest du nicht?"

„Nein finde ich nicht, ich stehe dazu."

„Hmm, und nun?" fragte er.

„Ich weiß auch nicht", entgegnete ich ihm und es war kurze Zeit still in der Leitung. Dann sagten wir wie aus einem Mund, dass wir es doch noch mal mit einem Date versuchen könnten.

„Dieses Mal aber gleich ohne Pommes", fügte ich noch hinzu und wir legten auf.

* Um jemanden glücklich zu machen, gib ihm diese drei Dinge:

Aufmerksamkeit, Zuneigung und Wertschätzung*

Kapitel 10

Der Schweiß lief mir den Rücken hinunter. Es war Sommer und die Temperaturen stiegen ins Unermessliche. Meine Oberschenkel klebten an meinem Ledersitz und das Lenkrad war so heiß, dass man es kaum anfassen konnte. Zum Glück war ich gerade auf dem Weg ins Schwimmbad. Ben und Mo machten einen Schwimmkurs. Ich drehte währenddessen meine Runden. Der viele Sport machte sich langsam bemerkbar. Meine Beine wurden fester und mein Bauch flacher. Alles in allem sah ich blendend aus. Nachdem das Date von mir und Will nicht stattgefunden hatte, hatten wir uns nicht wieder gesehen. An dem Abend, als wir drei Mädels unseren kleinen Absturz hatten, installierte Saidi gleich eine Dating-App auf meinem Handy. Ich hatte mich zwar mit Händen und Füßen gewehrt, jedoch wurden alle Argumente, die gegen so eine App sprachen, eloquent von Saidi widerlegt.

Tatsächlich hatte ich schon nach kurzer Zeit einige Interessenten. Ich war durchaus begeistert und bekam sogar einen kleinen Selbstbewusstseinsschub. Ein wenig schlechtes Gewissen hatte ich aber schon, aber ich war ja nun ledig. Und ich wusste, dass Will auch auf diesen Seiten unterwegs war.

Während die Jungs noch etwas im Schwimmbad bleiben wollten, legte ich mich an den Beckenrand. Die

Sonne wärmte meinen Körper und ich schloss, um etwas zu entspannen, meine Augen. Mein Handy holte mich mit einem schrillen Ton aus meiner Gedankenwelt. Es war Will, der anrief.

„Na du, was machst du?" fragte er in seiner charmanten Art.
„Sitze momentan knapp bekleidet im Schwimmbad und genieße das Leben" antwortete ich ihm.

„Sag mal, was machst du heute Abend? Vielleicht können wir unser Treffen nachholen. "

„Hm, an sich würde das passen. Was hast du dir denn gedacht?" fragte ich.

„Was hältst du von Essen und chillen bei dir? Falls du heute kein Kind hast."

„Ich habe dieses Wochenende 'kindfrei', das würde also passen. Um wie viel Uhr?"

„So gegen 19.00 Uhr, passt dir das? Ich kann auch was zu essen mitbringen."

„Ne, lass mal. Ich koche eine Kleinigkeit, dann weiß ich wenigstens, dass ich nicht verhungern werde", entgegnete ich ihm mit einem breiten Grinsen, welches man anscheinend sogar durch das Telefon gehört haben musste, denn Wills Antwort kam etwas beleidigt.

„Haha, das ist nicht lustig Kleine. Dann bis heute Abend, ich freu mich, bye" und er legte auf.

Dass sich meine Abendplanung mit Bügelwäsche und Langeweile so schnell ändern würde, hätte ich nicht gedacht. Ein freudiges Kribbeln in meiner Bauchgegend machte sich breit. Ich brachte Mo, Claras Sohn nach Hause und konnte mein schelmisches Lächeln nicht verbergen.

„Na was ist los, Süße?" fragte Clara mich. Sie konnte mich so lesen wie ein offenes Buch. Egal ob ich gut oder schlecht drauf war. Clara hatte diese Gabe, hinter die Fassade zu schauen. Sie wusste immer, ob es mir wirklich gut ging, oder ob ich nur versuchte, stark zu sein.

„Och, nichts. Außer, dass ich heute Abend ein Date habe. "

„Mit wem?" fuhr es Clara ganz gespannt aus dem Mund. „Ist es der Typ aus New York? Oder der aus der Nachbarstadt, der junge, du weißt schon." Natürlich habe ich meinen besten Freundinnen auch immer gleich über neue Matches berichtet. Dies führte langsam, aber anscheinend sicher zur Verwirrung, da ich mit so vielen Interessenten Kontakt hatte. Die beiden kamen da wohl nicht mehr mit.

„Nein, weder noch. Will hat sich gemeldet und wir treffen uns heute Abend bei mir. Ich koche was"

„Ach Sunny, hak den Typ ab, der ist es nicht wert. Aber du bist ja alt genug, du musst es selbst wissen. Aus Fehlern wird man bekanntlich klug." Clara warf mir einen leicht vorwurfsvollen Blick zu. Ich drückte sie und gab ihr einen Kuss auf die Wange.

„Ja Mama, ich werde auch ganz vernünftig sein", sagte ich in einer schrillen Kinderstimme, als ich mich zu meinem Auto begab.

Fehler geben einem jedes Mal die Möglichkeit, daraus zu lernen

Kapitel 11

Ein Geruch von Knoblauch durchzog das ganze Haus. Ich hatte Ben zu Tom gebracht und dann noch schnell für das Abendessen eingekauft. Es sollte etwas raffiniertes, jedoch einfaches geben. Ich entschied mich für Nudeln mit Scampi. Schmackhaft, leicht zuzubereiten und nicht zu abgehoben. Ob die Idee mit dem Knoblauch so eine gute gewesen war, fiel mir leider etwas zu spät ein. Jedoch dachte ich mir, wenn wir beide davon essen, fällt es ja nicht auf.

Ein leichtes Sommerkleid schmeichelte meiner braunen Haut und ein blumiger Duft sollte mein sommerliches Outfit noch unterstreichen. Für den Fall der Fälle hatte ich mich an allen wichtigen Stellen rasiert. Die wichtigste Stelle war dank Lou immer noch glatt wie ein Babypopo.

Es war 19.00 Uhr und ich erwartete Will. Ich goss mir schon mal ein Glas Rotwein ein.

Gerade als ich mich hinsetzten wollte, klingelte es an der Haustür.

Will stand davor und brachte mir sein schönstes Lächeln entgegen, als ich ihm öffnete. Hinter seinem Rücken holte er eine Tüte hervor. Ich dachte erst, es gäbe Blumen oder Pralinen. Aber nein. In der Tüte war eine XXL-Tüte mit Tiefkühlpommes. Ich prustete laut los und musste mir vor Lachen schon die Tränen

wegwischen. „Die sollten doch erstmal reichen, oder?"
fragte er, als er mir die Tüte überreichte und nahm
mich zur Begrüßung in den Arm.

Ich genoss die Umarmung, atmete tief ein und
versuchte, mir seinen Geruch einzuprägen. Sofort
machte sich eine leichte Aufregung in meinem Bauch
bemerkbar.

Wir gingen in die Küche, in der der Tisch für zwei
Personen liebevoll gedeckt war. Ich gab ihm auch ein
Glas Wein und wir stießen auf einen schönen Abend
an.

Gerade, als ich die Pasta auffüllte, spürte ich, wie zwei
warme Hände meine Hüfte von hinten umfassten. Will
zog mich an sich und küsste liebevoll meinen Hals. Er
ließ seine Lippen langsam jede Stelle meines Halses
berühren. Dann drehte er mich in seine Richtung,
sodass ich in seine tiefblauen Augen schauen konnte.
Ich legte meine Hand an seine Wange und strich sanft
über seinen braunen Bart. Dann zog ich ihn zu mir
hinunter und gab ihm einen innigen, leidenschaftlichen
Kuss. Er hob mich hoch und setzte mich auf den
Küchentresen, um mich besser küssen zu können. Und
wir küssten uns lange und innig. Bis ich anmerkte, dass
wir vielleicht jetzt erst einmal etwas essen sollten.

Will gab mir noch einen Kuss und hob mich dann
wieder hinunter. Die Nudeln waren lecker, jedoch war

ich gar nicht mehr hungrig. Auf jeden Fall nicht auf
Nudeln.

Nach dem Essen hatten wir uns dazu entschlossen,
noch einen Film zu schauen. Wir gingen in das
Wohnzimmer und suchten einen Film aus. Mir war der
Film in diesem Moment egal. Ich hätte sogar die
Sesamstraße geschaut. Denn ich wollte heute nicht
wirklich einen Film schauen. Ich wollte ihn. Das war
mir nach dem Kuss in der Küche klar geworden.

Will und ich unterhielten uns während des Films, bis er
näher an mich heranrückte. Er legte seinen Kopf auf
meinen Schoß und ich streichelte ihm sanft seine
Haare. Er hatte wundervoll dichtes, schwarzbraunes
Haar, welches zu einem Sidecut gestylt war. Und er
roch so gut. Ich beugte mich zu ihm hinunter und gab
ihm einen Kuss auf die Stirn, auf die Nase und dann auf
den Mund. Es hatte etwas von tiefer Verbundenheit.
Als würde man schon ewig zusammen sein und genau
wissen, was die andere Person mag. Er streichelte
sanft meine Beine und ich spürte, wie er langsam
immer höher mit seiner Hand wanderte. Unsere Küsse
wurden immer intensiver. Meine Hand glitt langsam zu
seiner Jeanshose und auch dort verspürte ich, dass es
ihm so ging wie mir. Ich öffnete seinen Gürtel. Den
ersten Knopf seiner Hose. Und zog sie ihm aus. Will lag
auf meiner Couch und ich setzte mich auf ihn. Wir
küssten uns wild. Die erotische Spannung hätte man
mit einem Messer zerschneiden können. Ich spürte, als

ich auf ihm saß, sehr deutlich sein erigiertes Glied. Und auch ich war bereit, einen Schritt weiter zu gehen.

Es hatte immer einen Hauch von etwas Verbotenem. Das machte es meiner Ansicht nach noch viel spannender. Ich nahm seine Hand und führte sie zwischen meine Schenkel. Ich wollte, dass er wusste, dass auch ich genauso bereit war wie er.

Wir beschlossen, ins Schlafzimmer zu gehen. Auf dem Weg dorthin hielten wir immer wieder an, um uns zu küssen. Im Flur zog er mir mein Kleid aus und ich stand nur noch im Slip und BH vor ihm. Und ich hatte weder Scham, noch Angst. In diesem Moment dachte ich nicht über meine Figur oder ähnliches nach. Will wusste noch von unserem ersten Date, wo das Schlafzimmer war. Er schob mich bestimmend in dessen Richtung. Sanft warf er mich aufs Bett und legte sich neben mich.

Ich zog ihm sein Hemd aus und er öffnete mit einer Hand meinen BH. Ich fühlte mich begehrt und wollte mich nur fallen lassen. Will küsste meinen ganzen Körper und sein Bart kitzelte leicht meine Haut. Seine sanften Hände hinterließen überall, wo sie mich berührten, ein Kribbeln. Wogen von Verlangen durchzogen meinen Körper. Ich konnte mich nicht daran erinnern, wann ich das letzte Mal so erregt gewesen bin. Bei Tom hatte ich sowas auf jeden Fall schon Jahre nicht mehr gespürt.

Will beugte sich über mich, seine Beine zwischen meinen. Er sah mich mit seinen blauen Augen an, die in jenem Moment noch viel blauer zu sein schienen, als ich es in Erinnerung hatte. Mit einem Flüstern fragte er mich, ob ich es wirklich wollte, ob ich mir auch sicher sei. 'Ja!' Hätte ich am liebsten laut herausgeschrien. Entschied mich dann aber doch eher für ein leichtes Nicken. Und zog ihn wieder dichter an mich heran. Ich spürte wie sein erigiertes Glied langsam in mich eindrang und sein Körper und meiner eins wurden. Er bewegte sich sanft und vorsichtig, als hätte er Angst, mich zu verletzten. Dann, als er bemerkte, dass es für mich ok war, wurde er immer schneller und härter. Ich kannte diese Art von Sex nicht. Er nahm sich, was er wollte, denn er wusste genau, was und wie er es wollte und es gefiel mir. Ich hatte das Gefühl, endlich die Verantwortung abgeben und mich fallen lassen zu können. Jede Bewegung fühlte sich an, als ob ein Feuerwerk in mir explodierte. Ich wusste nicht mehr wie ich atmen sollte, mein ganzer Körper schien fremdgesteuert zu sein. Jede Faser meines Körpers stand unter Strom. Leider war Will anscheinend vorher schon so erregt gewesen, dass er recht schnell zum Höhepunkt kam. Er entschuldigte sich dafür. Es schien ihm sichtlich unangenehm zu sein, schließlich war er auch der, der mit seinen vielen Eroberungen anfangs so geprahlt hatte. Ich fand es hingegen nicht schlimm. Besonders, da Will bemüht war, mir auch ein schönes Ende zu bereiten.

Nach dem Sex lagen wir noch lange Arm in Arm und unterhielten uns. Da Ben nicht da war, blieb Will über Nacht. Er kuschelte sich an mich und streichelte sanft meinen Rücken. Dabei küsste er mich immer wieder. Und immer wieder schoss ein leichtes Kribbeln durch meinen ganzen Körper. Und ein Gefühl von Sicherheit und Geborgenheit. Es war einfach wunderschön. Ich hätte es am liebsten immer gehabt. Und hier wurde mir bewusst, wie sehr es in den letzten Jahren vermisst hatte.

* Was Leidenschaft und Liebe mit einem machen, hängt von einem selbst ab. Nur wer sich traut, sein Herz zu öffnen und riskiert verletzt zu werden, kann wahre Liebe erfahren.

Kapitel 12

Wie gewohnt erwachte ich morgens um 6.00 Uhr. Mein neu antrainierter innerer Wecker funktionierte einwandfrei. Ich drehte mich um und sah Will, der noch seelenruhig zu schlafen schien. Ich schaute ihn mir genau an. Wie entspannt er schlief, die Hände unter dem Kissen vergraben. Sein schwarzbraunes Haar, welches ihm ohne das Styling Gel ins Gesicht gefallen war und ein sanftes Lächeln, das sein Gesicht umgab. Ein komisches Gefühl war es schon. Sonst lag in diesem Bett immer Tom. Jahre lang. Dann lag hier keiner außer mir in diesem Bett. Und nun lag hier ein fast fremder Mann. Ein Mann, der sich gut anfühlte, der einem ein gutes Gefühl gab. Jemand, den man richtig gernhaben könnte. 'Oh Sunny', dachte ich mir. 'Oh Sunny, komm runter, du darfst dich nicht verlieben. Auf keinen Fall.' Dieser Satz begleitete mich seit geraumer Zeit schon wie ein Mantra. Um mich abzulenken, stand ich auf und beschloss, für uns Frühstück zu machen. Ich drehte eine Runde mit dem Hund. Da der Bäcker auf dem Weg lag, war das eine Winning Situation. Nach einer Stunde kam ich wieder. Ich war noch kurz im Supermarkt gewesen, da mein Kühlschrank an Tagen, an denen Ben nicht da war, immer noch eine Fastenkur zu machen schien.

Zuhause deckte ich den Tisch, kochte frische Eier, die ich noch vom Bauern besorgt hatte und ließ die Espressomaschine zwei Cappuccini zubereiten. Von

oben vernahm ich das Geräusch der Toilettenspülung. Will war also auch schon wach. Ich ging hoch, um zu schauen, wie weit er war und fand einen attraktiven Mann in meinem Badezimmer vor, der sich gerade die Zähne putzte. Oberkörperfrei. Was ich sah, gefiel mir immer noch, sehr sogar. Er fragte mich, ob er duschen könne, und ich reichte ihm ein frisches Handtuch. Mit einem schelmischen Lächeln fügte er noch ein „Kommst du mit?" hinzu.
Ich grinste ihn nur frech an und ließ ihn allein. Als Will in die Küche kam, fragte er mich, ob ich immer so früh aufstehen würde, es sei doch Wochenende und ich müsse doch auch mal entspannen. Nach einer kurzen Pause, sagte er „Du Sunny, kann ich dich mal etwas fragen?" Er nahm den Cappuccino, den ich ihm hingestellt hatte und trank einen Schluck.

Ich stand lässig an die Kücheninsel gelehnt und hielt meinen Cappuccino in der Hand. Bereit für seine Frage. „Ja klar, schieß los", antwortete ich ihm.

„Sag mal, ich habe da so eine Frau kennengelernt und mich mit ihr getroffen. Es war schön und es hat einfach gepasst. Wir haben den Nachmittag zusammen verbracht und auch etwas geknutscht. Am nächsten Tag schrieb sie mir dann, dass sie nicht glaubt, dass es passt. Was soll ich denn davon halten?"

Fassungslos stand ich mit meiner Tasse in der Hand nur da. Mir schossen die Tränen in die Augen und meine Kehle fühlte sich an, als ob mich jemand mit beiden Händen erwürgen würde. Ich konnte nicht glauben, was er mir da erzählte. Wir hatten gestern einen wunderschönen Abend verbracht. Wir hatten Sex. Ich bin in seinen Armen eingeschlafen. Und nun erzählt er mir von einer anderen Frau. Einer Frau mit der es für ihn 'gepasst' hat. Und ich sollte ihm nun Beziehungsratschläge geben? Spinnt er? Was war mit mir? War das alles nur Spaß? War das alles nicht echt?

'Okay Sunny, ganz tief ein- und ausatmen. Lass es dir nicht anmerken.' Leichter gesagt als getan. Ich nahm mich zusammen, schluckte meine Tränen hinunter und trank einen Schluck von meinem Kaffee. Ich brauchte etwas mehr Zeit, um zu wissen, wie ich darauf reagieren wollte. „Oh", sagte ich, „Das ist ja interessant. Und was hatte sie, was ich nicht habe?" kam es aus meinem Mund.

„Versteh mich nicht falsch Sunny, aber ich weiß nicht, ob ich das mit dem Kind und so alles kann. Und du bist ja auch erst ganz frisch getrennt."

„Moment mal, Will!" entgegnete ich ihm daraufhin. „Ich suche keinen Vater für Ben, er hat einen Vater, einen sehr guten sogar. Ich suche jemanden zum Zeitverbringen. Jemanden, den ich gernhaben kann. Eine Person, die gerne mit mir zusammen ist. Außerdem hatte ich dir bereits erzählt, dass die Beziehung zwischen Tom und mir schon vor Jahren in die Brüche gegangen ist."

„Weiß ich doch, aber ich weiß gar nicht, was ich suche. Ich brauche eine Frau, die auch repräsentativ ist, wenn ich eine Firmenveranstaltung habe. Eine, die man vorzeigen kann."

„Sag mal hörst du dir eigentlich selbst zu?" fragte ich ihn. „Und ich bin niemand, den man vorzeigen kann? Okay, gut zu wissen. Lass uns jetzt frühstücken, der Kaffee wird kalt", sagte ich kurz angebunden. Ich musste mich so zusammenreißen, nicht wie ein kleines Mädchen loszuheulen.

„Ich bin froh, dass du so gut darauf reagierst", meinte Will, als wir beim Frühstück saßen. „Ich dachte schon, das wird jetzt hier eine ganz komische Situation. Willst du denn gar nichts essen, Sunny?"

„Ich bin nicht so der Frühstücksmensch", sagte ich nur. Am liebsten hätte ich ihm gesagt, dass mir der Appetit gründlich vergangen war. Zu gern hätte ich ihm gezeigt, wie es in meinem Kopf und Herzen gerade aussah. Ich hätte ihm gern gesagt, wie sehr er mich verletzt hat. Aber dann wäre ich garantiert für vollkommen verrückt gehalten worden. Ich beschloss, still zu leiden. Und gute Miene zum bösen Spiel zu machen. Wir unterhielten uns über Belanglosigkeiten und ich versuchte, weiterhin charmant und verständnisvoll zu sein. Nach dem Frühstück verabschiedete sich Will dann auch und meinte nur, dass er sich melden würde, nahm mich noch einmal in den Arm und ging. Kaum fiel die Tür ins Schloss kam alles heraus, was ich die letzten Stunden versucht hatte herunterzuschlucken. Die Wut, die Verletzung und mein gekränktes Ego. Ich fing an, hysterisch zu weinen. Mein Herz fühlte sich an, als ob es in eine Million Teile zerspringen würde. Ich stand in der Küche und konnte gar nicht aufhören. Ich gab mich meinen Emotionen hin. Was, wenn man es genau betrachtete, ziemlich absurd war. Ich kannte ihn doch kaum. Trotzdem fühlte es sich an, als würde eine Welt zerbrechen. Was wollte dieser Mann nur? Mal sagte er, es wäre komisch mit uns, auf eine schöne Art und Weise. Und dann erzählte er mir von seinen Datingerlebnissen und dass ich nicht die Richtige für ihn sei. Kann man sich so in seinen Gefühlen täuschen? Kann man sich so in einem Menschen täuschen? Habe ich mir diese tiefe Verbundenheit zwischen uns nur eingebildet? Ich wusste gar nichts mehr. Den Rest des Tages verbrachte ich damit, mich in meinem Selbstmitleid zu suhlen und lautstark irgendwelche Liebeslieder zu hören und mitzusingen. Am liebsten hätte ich Saidi und Clara angerufen, aber auf deren Moralpredigt hatte ich keine Lust. Sie hatten mir gesagt, ich solle die Finger von ihm lassen, nachdem ich ihnen von unserem geplatzten Date erzählt hatte. Ich war froh, dass ich ihnen noch gar nicht gebeichtet hatte, was ich für Will wirklich fühlte. Ich war mir selbst nicht sicher, ob ich verliebt war. Es war stärker und anders. So etwas hatte ich noch nie für einen Mann empfunden. Es war fast so, als wären wir seelenverwandt. Auf diesen Begriff bin ich schon öfters in meinen Esoterikbüchern gestoßen. Und die Beschreibung hierfür war sehr zutreffend - für das, was ich fühlte.

Ich fühlte mich emotional so ausgelaugt, dass ich beschloss, mich einfach wieder ins Bett zu legen. Will war so ordentlich. Er hatte sogar das Bett gemacht. Und auch bei diesem Gedanken schossen mir wieder die Tränen in die Augen. Wie können zwei Menschen, die sich kaum kennen, so viel gemeinsam haben? Und wie kann es sein, dass nur einem von beiden diese Gemeinsamkeiten auffielen? Wir wären perfekt füreinander. Ich legte mich in das Bett, und zwar bewusst auf die Seite, auf der vor kurzem noch Will geschlafen hatte. Ich vergrub meinen Kopf in seinem Kissen. Ich atmete ein. Es roch nach seinem Parfüm. Es roch nach ihm. Es roch nach uns. Und unter Tränen schlief ich irgendwann völlig traurig und erschöpft ein.

Es ist schön verliebt zu sein, doch es ist schrecklich zu wissen, keine Chance zu haben

Kapitel 13

Die neue Woche begann für mich so schrecklich, wie
die vergangene endete. Kein Lebenszeichen von Will.
Nicht einmal eine 'Hey, na…'-Nachricht. Ich merkte,
wie Wut und Enttäuschung in mir aufstiegen. Mein
Magen verkrampfte sich und mir wurde ganz
schwindelig. So beschloss ich, meine Wut einfach beim
Laufen herauszulassen. Ich lief und lief. Mit Musik in
den Ohren. Ich war in meinem Leben noch nie so weit
und so schnell gelaufen. Erst als ich nach einer Stunde
so langsam das Gefühl von Befreiung empfand, wurde
ich langsamer. Da ich recht planlos durch den Wald
gelaufen war, musste ich mich kurz orientieren. Und
dann wusste ich auch wieder, wo ich war. Vor mir lag
ein kleiner Bach, dessen Wasser kristallklar war. Ich
beschloss, mir eine kleine Abkühlung zu gönnen, zog
meine alten Turnschuhe aus und steckte meine
schweißnassen Füße zögerlich in den Bach. Das Wasser
war eiskalt, jedoch wurde es, wenn man sich erst
daran gewöhnt hatte, sehr angenehm. Als ob das
Wasser durch meine Füße in meinen Körper fließen
würde, verteilte sich ein angenehmes Gefühl in mir.
Ich sah mich um und ich erinnerte mich daran, dass ich
als Kind oft hier gewesen war. Meine Grandma ist
immer mit uns Kindern an diesen Ort gegangen. Wir
durften im Bach spielen und sie hat sich einfach auf
einen Baumstamm gesetzt, die Augen geschlossen und
meditiert. Damals dachten wir, sie würde schlafen,

aber diesen Ort hat sie immer für sich als Rückzugsort genutzt. Warum mir dies gerade jetzt in den Sinn kam? Ich weiß es nicht. Aber ich schloss meine Augen und versuchte, in mich hineinzuhören. Ich nahm die Vögel wahr, die in verschiedensten Tönen ihre Lieder sangen. Das Plätschern des Bachs. Und etwas Komisches: meinen Herzschlag. Ich weiß gar nicht, wann und ob ich überhaupt jemals so bewusst meinen Herzschlag wahrgenommen hatte. Stetig wie ein Uhrwerk, ganz monoton, stark und einfach nur wunderschön. Und mit jedem Schlag wurde mir gewahr, dass ich es schon wieder getan hatte. Ich wollte mein Leben doch ändern und nun lief ich schon wieder einem Mann hinterher, der mich nicht erkannte. Ich gab mich schon wieder auf. Mit dieser Erkenntnis liefen mir auch gleich kleine Tränen die Wange herunter und mein Herz zog sich zusammen. Ich musste mit jemandem reden. So begann ich, mir meine Grandma vorzustellen. Ich hatte sie genau vor meinem inneren Auge. Ihre grauen, kurzen Haare. Immer ordentlich zu einer Dauerwelle frisiert. Wie immer trug sie ihre weißen Loafer, die am Fußrücken kleine Löcher besaßen, damit die Füße atmen konnten. Sie saß am Bach auf ihrem Baumstamm und blickte mich mit ihren trüben, aber dennoch wunderschönen blauen Augen an. Ich wusste, ich könnte ihr nun alles erzählen. So erzählte ich ihr von Tom und unserer gescheiterten Ehe. Ich erzählte ihr von Will und wie sehr er mich verletzt und gekränkt hatte. Fragend, warum jemand, dessen Existenz mir vor ein paar Wochen noch gar nicht bewusst war, mir so viel bedeuten konnte. Und als ich fertig war, nahm sie mich in ihre Arme, drückte mich ganz fest an ihre Brust und flüsterte mir in mein Ohr: „Du bist viel mehr, als du zu sein glaubst, meine liebe Cassandra. Suche dich und finde dich und deinen Wert. Suche in deinem Herzen"

Ich genoss ihre Umarmung und den vertrauten Duft ihres blumigen Parfüms. Dann öffnete ich meine Augen, sie war nicht mehr da. Natürlich war sie nicht da, es war ja alles nur in meiner Fantasie. Aber es tat sehr gut, mit ihr diesen Moment gehabt zu haben. Erst jetzt bemerkte ich, dass meine Füße langsam kalt wurden. Ich nahm meine Schuhe und sah, dass in dem linken Schuh eine kleine, weiße Feder lag. Ich klemmte die Feder zwischen den Kopfhörer, zog die Schuhe wieder an und machte mich auf den Heimweg. Nun nahm ich auch meine Umgebung wieder richtig wahr. Es war ein wunderschöner Sommertag und die Farben der Natur schienen extra stark zu leuchten. Dies ist mir vorher gar nicht aufgefallen.

Ich hatte mich für den späten Vormittag noch mit Clara zum Schwimmen verabredet. So musste ich mich nun etwas beeilen, da ich nach dem Blick auf meine Uhr doch etwas länger am kleinen Bach verweilt hatte, als mir bewusst gewesen war. Ich lief los, diesmal aber ohne Wut und Groll in meinem Bauch. Ich fühlte mich leicht und genoss das Gefühl von Freiheit, das sich mit

jedem Schritt den ich lief in meinem Körper
ausbreitete.

***Wenn wir unsere verschlossenen Herzen für die
Wunder dieser Welt öffnen würden, dann könnte
auch jeder Engel sehen***

Kapitel 14

Völlig außer Atem kam ich fünfzehn Minuten zu spät bei Clara an. Wie immer begrüßte mich Jule mit einem freudigen Schwanzwedeln. Clara saß auf der Treppe ihrer Veranda und genoss augenscheinlich und gedankenverloren die Sonnenstrahlen, die durch die beiden großen alten Eichen auf ihr Haus schienen.

„Hey, sorry ich war eben noch kurz laufen", schnaubte ich völlig außer Atem.

„Kein Problem, Süße. Wird es denn gehen oder brauchst du erst einmal ein Sauerstoffzelt?"

„Passt schon, können wir los? Ich muss heute noch einmal in die Stadt und habe deshalb nicht so viel Zeit."

Wir gingen das Stück zum Schwimmbad wie immer zu Fuß. Die Sonne hatte die Straße so aufgeheizt, dass die Wärme des Asphalts sogar durch meine Flip-Flops durchzudringen schien. An barfuß laufen wäre momentan nicht zu denken gewesen. Das Wasser im Freibad war im Vergleich hierzu angenehm kühl. Wir zogen unsere Runden und sinnierten über die anstehenden sechs Wochen. Die Sommerferien lagen in greifbarer Nähe und richtig geplant hatte ich noch nichts. Es würde in diesem Jahr wohl eher auf Tagestrips oder ähnliches hinauslaufen.

Nachdem wir das Thema Ferien beendet hatten, fragte mich Clara, was es denn Neues gäbe. Und es platzte aus mir heraus. All die Wut, die ich beim Laufen verloren hatte, war wieder da. Ich erzählte alles. Auch über die Gefühle, die ich für Will insgeheim hegte, konnte ich nicht länger schweigen. Ich schien mit Händen und Füßen zu reden, da die Leute, welche auf der Nachbarbahn schwammen, sich über das ganze Platschen schon beschwerten. Atemlos kam ich dann irgendwann zum Ende meiner Ausführung und sah Clara hilfesuchend an.

„Schätzelein…", kam es dann, sobald ich den letzten Satz beendet hatte aus ihrem Mund. „Warum hast du denn nichts gesagt? Du hättest doch einfach anrufen können. Ich und auch Saidi, wir sind immer für dich da. Außerdem kann man Gefühle nicht steuern."

„Ich weiß, aber ich kann es ja selbst nicht verstehen, ich kenne ihn doch kaum. Und trotzdem macht es mich so fertig."

Clara sah mich an und meinte nur: „Niemand, den wir treffen, tritt ohne Grund in unser Leben. "

„Was sollte das bedeuten?", fragte ich sichtlich unwissend.

„Naja weder Tom noch Will sind einfach so in dein Leben gekommen. Die Menschen treten in unser Leben, damit wir durch sie lernen. Manchmal sind es gute Lernaufgaben, manchmal schmerzliche Lernaufgaben. Das Universum, möchte, das deine Seele wächst und Erfahrungen macht. Es gibt hier verschiedene Weggefährten, karmische Begleiter, Dualseelen und so weiter", fuhr Clara fort. Für mich war dies dann doch noch etwas abgehoben, wenngleich auch ich schon mal den Gedanken hatte, dass Will sich wie ein Seelenverwandter, wie jemand, den man schon sein ganzes Leben zu kennen scheint, anfühlte.

Anscheinend sah man mir meinen Denkprozess an. Clara holte mich aus meinen Gedanken und meinte nur, dass ich früher oder später die Antwort auf meine Frage vom Universum bekommen würde.
'Na großartig', dachte ich mir. 'Früher oder später'. Ich wollte jetzt Antworten. Warum konnte ich nicht glücklich sein? Warum muss mein ganzes Leben so traurig und ungerecht verlaufen?

Mein Kopf schien zu zerplatzen. Nach dem Schwimmen beschloss ich, die verbliebene Zeit, bis Ben aus der Schule kam, mit meditieren zu verbringen. So machte ich es mir in meinem Wohnzimmer gemütlich, schloss die Vorhänge und zündete eine Kerze an. Ich musste unbedingt das Gedankenkarussell in meinem Kopf stilllegen. Es machte mich vollkommen verrückt. Ich setzte mich im Schneidersitz hin, schloss meine Augen und ließ einfach los. Eine halbe Stunde später schloss ich meine Meditation mit einem „Om" ab. Und bemerkte, wie sich mein Herz etwas leichter anfühlte und mein Kopf etwas leiser zu arbeiten schien. Ob es nun an dem Gespräch mit Clara oder an der Meditation lag - wer weiß.

Durch ein „Mum, ich bin zu Hause!" wurde ich schnell aus meinen Gedanken gerissen. Es war gut, wenn Ben da war. Dann konnte ich nicht so viel grübeln.

Ich packte meine Yogamatte zusammen und begrüßte Ben freudestrahlend im Hausflur. Ich nahm ihn in den Arm und gab ihm einen riesigen Kuss auf die Wange. Ben wischte sich sogleich und übertrieben den nicht vorhandenen Speichel ab. Während er sich seine Jacke und die Schuhe auszog, sah ich ihn an. Und in diesem Augenblick wurde mir bewusst, dass ich mir oft nicht sicher war, ob es Liebe ist, was ich fühlte. Aber bei Ben, da wusste ich es. Ich liebte meinen kleinen Sohn über alles. Natürlich gab es Reibereien und Zoff zwischen uns. Aber diese tiefe Liebe, die ich zu meinem Sohn empfand, werde ich nie für einen Mann empfinden. Und wenn, dann wird es eine andere Art von Liebe sein.

Ich bemerkte, wie sich Wärme in meinem Brustraum, meinem Herzen, ausbreitete. Ich war glücklich, doch Liebe empfinden zu können.

Mütter halten die Hände ihrer Kinder für eine Weile. Die Herzen aber für immer

Kapitel 15

Ein Termin jagte den nächsten. Ich wusste zum Teil gar nicht mehr, wann ich wo sein musste. 'Aber lieber so, als anders', dachte ich mir. Während ich gerade im Auto saß und mit Mühe versuchte, mein Navigationsgerät einzustellen, klingelte mein Telefon. Es war eine Nachricht von Will.

Er hatte sich eine ganze Woche nicht gemeldet, nach unserem letzten Treffen. Und nun las ich

„Hey na, Kleine, alles gut bei dir?"

Alles gut bei mir? Ehrliche Antwort: 'Ähm, Nein. Du hast mein Herz gebrochen und mich zutiefst verletzt.'

Aber das schrieb ich nicht. Ich antwortete lediglich mit einem kurzem „Alles bestens" und fügte noch ein Daumen-hoch-Emoji hinzu. Wir schrieben etwas belanglos hin und her, redeten über das Wetter, und dann fragte er mich wie aus dem Nichts, ob ich nicht Lust auf ein Treffen hätte.

Ich bemerkte, wie ein klitzekleines Fünkchen Freude in mir aufstieg. Zeitgleich meldet sich auch meine Vernunft. Der es anscheinend gar nicht passte, dass ich mich immer noch so freute, wenn ich eine Nachricht von Will erhielt. Ich entschied mich aber trotzdem für ein sehr entspanntes „Ja klar, warum nicht. An wann hast du denn gedacht?"

Mir war bewusst, dass mich Saidi und Clara dafür geohrfeigt hätten. Aber vernünftig wollte ich nicht sein. Ich wollte herausfinden, ob mich mein Bauchgefühl täuschte oder nicht.

„Was hältst du von Freitagabend? Bei mir zu Hause."

„Ja, Freitag sollte passen", gab ich kurz als Antwort und legte schnell auf, bevor ich noch etwas Dummes sagen konnte. Es reichte ja schließlich, dass ich es tat.

Ok Freitag. Bis Freitag waren es noch ein paar Tage. Zum Glück hatte ich gerade mit zwei Projekten so viel zu tun, dass ich keine Zeit hatte, über Freitag nachzudenken. Wir hatten nicht über unser letztes Treffen gesprochen. Er hat auch nicht gesagt, dass er seine Meinung bezüglich des Datings oder zu mir geändert hat. 'Oh, man Sunny', kam es mir in Gedanken, 'bist du blöd! Er will dich nicht.' Aber was will er? Und was will ich? Schnell schob ich all die Gedanken, welche mit der Wucht eines Tsunamis in meinen Kopf einschossen, zur Seite. Ich beschloss, es auf mich zukommen zu lassen.

Will fragte einen Tag vor unserem Treffen noch einmal, ob es denn dabei bliebe. Ich bestätigte und sagte ihm noch, dass ich nicht wisse, wo er wohne. Er gab mir seine Adresse und fragte, was wir essen wollten. Da er den ganzen Tag arbeiten musste, war seine Idee, etwas beim Asiaten zu bestellen. „Klar, das ist okay", sagte ich und dachte mir noch: 'Solange es überhaupt was gibt.'

Am Freitag spulte ich meine neu entdeckte Dating-Routine ab. Hätte ich gewusst, wie anstrengend das Datingleben war, hätte ich diese Tür gar nicht erst geöffnet. Duschen mit Rasur, vorher noch etwas Sport und auf keinen Fall knoblauchlastige Nahrungsmittel zu mir nehmen. Um 19.00 Uhr war ich bereit für mein Treffen mit Will. Kurz hatte ich noch überlegt, auch einfach im Jogger zu erscheinen. Entschied mich aber dagegen. Die Abende wurden langsam etwas frischer, so hatte ich mich für eine Lederhose und ein schönes Shirt entschieden. Dazu zog ich meine neuen Sneaker an, die ich bei meiner letzten Shoppingtour mit Saidi ergattert hatte. Sie gaben dem ganzen Outfit etwas Sportliches.

Da ich mir nicht sicher war, wie lange ich zu Will brauchte, fuhr ich zeitig los. Was im Nachhinein sehr gut war. Ich hatte mich zwei Mal verfahren und kam somit just in time bei Will zu Hause an. Er wohnte doch ländlicher, als ich es mir vorgestellt hatte. Seine weiße Stadtvilla, welche von einem schwarzen Eisenzaun eingesäumt war, passte nicht so recht zu den Nachbarhäusern. Mir gefiel das Haus trotzdem auf Anhieb. Will hatte mir damals schon erzählt, dass er das Haus mit seiner Exfrau zusammen gebaut hatte. Sie hatten aber nie gemeinsam in diesem Haus gewohnt. Vor dem Einzug hatte sie sich schon von ihm getrennt. Knapp ein Jahr nach ihrer Hochzeit. Auch wenn Will es nie zugegeben hätte, man spürte den Schmerz, den dieser Verrat und die Enttäuschung in ihm hinterlassen hatte. Auch wenn er nach außen hin immer sehr abgeklärt und souverän wirkte. Ich war der festen Überzeugung, dass das Ende dieser Beziehung etwas in ihm zerbrochen hatte. Wie so viele Männer hat er einfach weiter gemacht, ohne zu versuchen, sein Herz wirklich zu heilen. Ich war mir nicht sicher, ob es was mit meinem momentanen Lebenswandel, der Meditation oder mit meiner eigenen Situation zu tun hatte, jedoch hatte ich das Gefühl mich besser in Menschen hineinversetzen zu können. Irgendwie war ich empathischer geworden. Vielleicht war es aber auch nur Einbildung oder Projektion meiner Gefühle auf Will. Ich wäre am Boden zerstört gewesen, wäre alles, was ich mir erträumt hatte, alle Hoffnungen ohne jede Vorahnung oder irgendwelche Anzeichen zerstört worden. Er tat mir wirklich leid. Nicht im Sinne von 'Oh der Arme', sondern eher wie er damit umgegangen ist. Hat einfach weiter gemacht, weil man das als Mann so macht, bloß nicht trauern oder Schwäche zeigen, ans Weinen wollen wir erst recht nicht denken.

Mit diesem Gedanken und Mitgefühl in meinem Herzen verließ ich mein Auto. Ich ging den Weg zur Haustür entlang und bewunderte den akkurat gepflegten Vorgarten. Das Haus, der Garten und die Ordnung. Das ist zu einhundert Prozent Will. Ich mochte es. Es entsprach genau dem, was ich auch lebte. Ich mochte Wills Einstellung zu Ordnung und Sauberkeit. Vielleicht noch mehr, da Tom eher zu der Messiefraktion gehörte, und seine Unordnung oft ein Streitpunkt in unserer Ehe war.

Meine Hand wollte gerade den Klingelknopf betätigen, da schaute Will um die Ecke. Er war noch im Garten beschäftigt gewesen und dachte, wir könnten doch auch erst einmal draußen sitzen. Will bot mir einen Platz auf seiner Terrasse an und fragte sogleich, was ich trinken möchte. Ich bat ihn um ein Glas Wasser und während er ins Haus ging, um die Getränke zu holen, sah ich mich in seinem Garten um. Auch hier wurde die Perfektion weitergeführt. Der Rasen war saftig grün und wurde von einem Beet aus verschiedenen Büschen umrandet. Er war frisch gemäht und kein Halm wagte es, aus der Reihe zu tanzen. In einer Ecke hatte Will Schmetterlingsflieder gepflanzt, der seinen charmanten, sanft süßlichen Duft im ganzen Garten versprühte. Es war sehr schön. Ein Ort zum Abschalten und zum Entspannen. „So, die Dame hier kommt ihr Wasser. Und du möchtest wirklich nichts anderes trinken? "

„Nein Danke", antwortete ich, „Wasser ist vollkommen in Ordnung."

„Und was wollen wir nun essen? Immer noch asiatisch?"

„Ja sehr gerne", entgegnete ich ihm „Ich habe aber nicht so einen großen Hunger, für mich nur eine Kleinigkeit."

Das Essen wurde recht schnell geliefert und wir unterhielten uns bis dahin angeregt über Wills Pläne bezüglich eines Wintergartenanbaus. Es war schon komisch, auch wenn wir uns nicht oft getroffen hatten, war da immer diese magische Verbindung zwischen uns. Nie gingen uns die Gesprächsthemen aus und es schien ihn wirklich zu interessieren, was ich dachte. Natürlich schwirrte mir immer noch unser letztes Treffen tief in meinem Kopf umher. Aber ich wollte diesen Abend genießen und schob die Gedanken schnell weg.

Es war ein wunderschöner Abend, der Sonnenuntergang war bezaubernd, zumal man von Wills Terrasse freien Blick auf ein rotes Klatschmohnfeld hatte. Langsam wurde es jedoch kühl und kleine graue Wolken bedeckten zunehmend den rotvioletten Abendhimmel.

Der Himmel zog sich rasch zu und so mussten wir schnell unsere Sachen zusammenräumen und unser Date ins Haus verlegen. Kaum waren wir drinnen, brach es auch schon los. Als hätte man einen Gartenschlauch angestellt. Es regnete wie in Strömen und in der Ferne konnte man schon leichtes Donnergrollen vernehmen. Dies war der Zeitpunkt, an dem ich Will beichten musste, dass ich schreckliche

Angst vor Gewitter hatte, und zu Hause meist die Zeit im Keller verbrachte, wenn ein Gewitter oder Sturm aufzog. Will legte das Geschirr, das er in seinen Händen hielt, zur Seite und umarmte mich ganz fest. „Ich pass schon auf dich auf, versprochen", sagte er und gab mir einen sanften Kuss. Ich fühlte mich schon wieder wie auf Wolke sieben und tausend Schmetterlinge schienen in meinem Bauch Samba zu tanzen. Wir räumten noch schnell die Küche auf, um es uns dann auf seinem Sofa gemütlich zu machen. Der Regen klatschte monoton an die Fensterscheibe und machte die ganze Stimmung noch magischer. Will hatte Kerzen angezündet und wir saßen uns dicht auf seinem Sofa gegenüber. Es war sehr gemütlich und in Wills Gegenwart fühlte ich mich – wie immer – gleich sehr wohl und sicher. An sich wollte ich nichts tun, was die Situation verändern konnte. Aber tief in mir gab es da ein paar Fragen, die ich einfach stellen musste. Und als Frau wollte ich gewisse Dinge einfach klären. Obwohl ich wusste, dass ich mich damit selbst verletzen würde und ich Angst vor seiner Antwort hatte, fragte ich ihn, ob er denn jetzt schon jemand 'richtigen' gefunden hatte.

„Ach Sunny, willst du wirklich jetzt da drüber reden?" „Ja", antwortete ich. „Es interessiert mich. Ich würde gerne wissen, wo das mit uns alles hinführt. Falls es denn überhaupt irgendwo hinführt."

„Ganz ehrlich, ich bin es langsam leid, zu daten. Es ist anstrengend. Immer das Vorstellen, immer wieder alles zu erzählen. Ich möchte gern so wie jetzt, mit jemandem auf dem Sofa sitzen. Nett quatschen ohne irgendwelche Erwartungshaltung. Können wir nicht einfach einen schönen Abend miteinander verbringen, ohne an morgen zu denken?"

„Natürlich, können wir das" entgegnete ich ihm. Ich war über seine Antwort erfreut, wenngleich sie mich auch nicht wirklich schlauer gemacht hatte. Erst sagte er mir, ich wäre nicht die Richtige, dann erzählte er mir von den anderen Frauen. Und jetzt, jetzt möchte er die Zeit mit mir verbringen und genießen? Mein Kopf fühlte sich wie nach einer Achterbahnfahrt an. Sollte ich mich nun darüber freuen? Ach, wenn ich doch nur Saidi oder Clara fragen könnte. Die beiden hatten viel mehr Erfahrung mit Männern und wüssten garantiert, was zu tun wäre. Aber es war leider niemand da, der mir einen Rat hätte geben können. Wahrscheinlich wäre ihr Rat auch gewesen, mich und meinen knackigen Hintern ganz schnell aus dieser Situation zu retten. Aber für mich war es schon längst für jede Rettung zu spät. Ich war verloren, hatte mich verlaufen im Gewirr meiner diffusen Gefühle. Ein Ausweg war leider nicht in Sicht.

Wer Männer versteht, kann auch durch Null teilen

Kapitel 16

Ich musste meinen Kopf irgendwie ausschalten. So rückte ich näher zu Will hinüber, nahm meine Hand und legte sie ihm so vorsichtig auf seine Brust, als könnte ich etwas kaputt machen. Ich spürte seinen starken, stetigen Herzschlag. Und dieses Gefühl ließ auch mein Herz gleich etwas schneller schlagen. Ich neigte mich leicht nach vorne und gab ihm einen sanften Kuss auf den Mund.

„Dann lass uns einen schönen Abend verbringen" flüsterte ich ihm sanft ins Ohr und biss ihm vorsichtig ins Ohrläppchen. Will nahm seine beiden großen Hände und umfasste mein von der Sommersonne gebräuntes, Gesicht. Er sah mir tief in die Augen und sagte leise: „Wir müssen das nicht machen, wir können auch einfach nur hier liegen, reden und kuscheln, für mich wäre das okay." Ich war mir nicht sicher, ob ich mich darüber freuen sollte. Oder es als eine kleine Abfuhr ansah. Er wollte doch an sich immer nur Spaß haben und dieser Spaß war für ihn unverbindlicher Sex. Jetzt wollte er nur noch kuscheln? Ich entschied mich, es als Kompliment anzusehen. Er wollte mich anscheinend wirklich kennenlernen.

„Ich weiß", entgegnete ich ihm und nahm seine Hand, legte sie auf meinen Busen. „Ich hätte gerne etwas mehr Spaß, wenn das für dich okay ist", sagte ich ihm. Nein, an sich wollte ich nicht nur Spaß. Ich wollte ihn spüren. Ihm so nah sein, wie man jemandem nur nah kommen kann. Emotional war ich ihm schon so nah, dass es für mich und mein Herz kein Zurück mehr zu geben schien. Ich hatte mich in ihn verliebt. Genau das, was ich nicht wollte. Hatte ich doch mein Herz erst vor kurzem wieder zusammengefügt. Und nun saß ich hier. Mit so viel Gefühl für einen Mann, den ich kaum kannte. Ein Mann, der nicht wusste, was oder wen er wollte. Ich spielte gerade mit dem Feuer, das war mir bewusst. Und die Aussichten, dieses Spiel zu gewinnen, standen nicht gut für mich. Aber mein Herz brannte für diesen Menschen und ich wusste nicht, wie ich diesen Brand in mir nur löschen konnte.

Wir begannen, uns zärtlich zu küssen. Diesmal bemerkte ich jedoch, dass ich die treibende Kraft zu sein schien. Oder konnte es sein, dass Will sich zum ersten Mal wirklich fallen ließ? Konnte es sein, dass auch er etwas mehr für mich empfand? Seine Lippen berührten meine, unsere Zungen tanzten einen Tango. Nicht wissend, wer der führende Part war. Es fühlte sich alles so richtig an. Und mit jedem Kuss und jeder Berührung wurde die Stimme in meinem Kopf immer leiser. Jeder Zweifel, der mich den Tag über noch verfolgt hatte, war wie weggeblasen.

Will fasste mein Shirt an, um es mir über den Kopf zu ziehen. Auch ich umfasste sein Oberteil und konnte es ihm diesmal ganz leicht ausziehen. Im Licht der Kerzen sah er noch besser aus als sowieso schon. Sein breiter Oberkörper schien noch muskulöser zu sein, als ich es vom letzten Mal in Erinnerung hatte. Es zeichnete sich ein leichtes Sixpack ab und seine sonnengebräunte Haut leuchtete fast golden. Unsere Küsse wurden immer inniger und intensiver. Seine Hände streichelten währenddessen meinen ganzen Körper. Jede Stelle schien sogleich Feuer zu fangen. Ich brannte. Er umfasste meinen Hintern und hob mich sanft vom Sofa hoch. Ich war mir nicht sicher, was er vorhatte, aber ich ließ alles mit mir geschehen. Er trug mich zum Esstisch, räumte mit einer Handbewegung den ganzen Tisch leer und setze mich sanft ab. Sogleich fing er an, meine Brüste zu küssen. Seine Zunge liebkoste jeden Nanometer meines Körpers. Wogen von Erregungen durchzogen mich. Ich wollte ihm auch etwas Gutes tun. Jedoch drückte er mich sanft zurück, als ich versuchte, ihn zu berühren. Ich sollte genießen, meinte er nur leise. So lag ich nur da und ließ es geschehen. Noch nie hatte ein Mann sich so viel Zeit für mich und meine sexuellen Bedürfnisse genommen. Will wusste genau, was er tat. Ich konnte nicht mehr, ich war wie unter Strom. Ich wollte ihn, ich brauchte ihn und ich bekam ihn. Er zog mich zur Tischkannte und umfasste dabei meine Hüfte. Meine Hände hatte ich leicht um seinen Hals gelegt, um mich etwas festzuhalten. Dann drang er langsam in mich ein. Wir bewegten uns, als wären wir eins. Erst langsam, dann immer schneller. Kurzzeitig hatte ich Bedenken, ob der Tisch unsere Lust überleben würde. Wir waren voller Ekstase, ich konnte keinen klaren Gedanken fassen. Es war einfach phänomenal. Will kam, beugte sich dann zu mir hinunter und gab mir einen langen, innigen Kuss und nahm mich in seine starken Arme. In diesen Armen hätte ich mein ganzes restliches Leben verbringen können. Irgendwann wurde der Tisch dann so unbequem, dass wir beschlossen, den restlichen Abend im Schlafzimmer zu verbringen. Reden, Kuscheln, zusammen sein und am nächsten Morgen nebeneinander aufwachen.

Zum Glück hatte ich vorsichtshalber eine kleine Tasche im Auto, die das Nötigste beinhaltete, was Frau für eine Übernachtung so braucht. Diesen Tipp hatte mir mal Saidi gegeben, denn es sei schon ziemlich blöd, wenn man ganz unverhofft bei jemandem übernachtet und am Morgen noch nicht mal Zähne putzen kann. Wir gingen völlig verausgabt in sein Schlafzimmer. Sein Bett war mit frischer Bettwäsche bezogen und alles wirkte aufgeräumt und ordentlich. Ich sagte Will, dass ich mich kurz frisch machen wollte, und er zeigte mir den Weg zum Badezimmer, welches neben seinem Schlafzimmer lag. Ich schaute in den Spiegel, meine Wangen waren gerötet. Vor Lust und vielleicht auch etwas vor Scham. Ich sah glücklich aus. Ich kannte mich so gar nicht. In der Zeit mit Tom hatte ich nie so ein Verlangen verspürt. Der Sex war okay, aber dies hier mit Will war etwas ganz anderes. Ich machte mich etwas frisch und verließ nach kurzer Zeit auch wieder das Badezimmer. Will saß auf seinem Bett, sein Rücken war mir zugewandt. Leise schlich ich mich an und wollte ihn von hinten umarmen. Kurz bevor es dazu kam, sah ich, was er gemacht hatte. Er hatte sein Handy in der Hand. Ich konnte noch gerade erkennen, wie eine mir durchaus bekannte Datingseite, beendet wurde.

Das war nicht sein Ernst. Wir hatten gerade Sex und er nutzte gleich die nächste Gelegenheit, um nach weiteren Frauen zu suchen. Wieder einmal wurde ich vollkommen unerwartet von meinen Gefühlen übermannt. Es war, als hätte mir jemand mit der Faust direkt in den Magen gehauen. Was sollte ich nur tun. Eine Szene machen? Heulen, schreien, ihm eine knallen? Nein. Ich war stark und schluckte dreimal tief und räusperte mich dann. Will drehte sich zu mir um. Er fühlte sich leicht ertappt, erwähnte es aber nicht. Mir fiel in diesem Moment leider nichts Besseres ein, als zu sagen, dass ich nach Hause müsse. Es gab Probleme mit dem Kind. Ich hatte keine Kraft für eine Szene. Ich wusste nur, ich wollte hier weg, ganz schnell. Die Nacht wollte ich jetzt nicht mehr mit ihm verbringen. Ich zog meine Sachen wieder an, die im ganzen Wohnzimmer verstreut lagen. Sah noch mal kurz zum Esstisch hinüber, auf dem ich mich vor kurzem noch, wie im Himmel gefühlt hatte. Und schluckte meine Tränen hinunter. Will umarmte mich zum Abschied und brachte mich noch zu meinem Auto. Es war schon dunkel, zu dunkel, als dass er hätte sehen können, wie sich meine Augen mit Tränen gefüllt hatten. Ich fuhr weg. Kaum war ich außer Sichtweite, musste ich schon rechts ranfahren. Ein Monsun war in mir losgebrochen. Ich heulte, heulte und schrie. Wieso? Warum war ich schon wieder so dumm gewesen? Wie konnte ich nur? Wie konnte er nur? Wie konnte jemand, der einen augenscheinlich mag, nicht zu seinen Gefühlen stehen? Oder hatte mich meine rosarote Brille so geblendet? Ich war wütend, wütend und enttäuscht und das schlimmste war: Ich war viel mehr auf mich wütend als auf ihn. Hatte ich mir nicht versprochen, auf mich aufzupassen? Wollte ich nicht klüger sein? Nein ich hatte meinen Kopf ausgeschaltet und das hatte ich nun davon.

Ich saß eine gefühlte Ewigkeit heulend in meinem Auto. Der Hals tat mir weh, die Augen brannten und mein Herz war, wenn auch nicht ersichtlich, in tausend Teile zerbrochen. Ich fuhr nach Hause. Dort angekommen, nahm ich einen großen Schluck von dem Rotwein, der noch auf der Kücheninsel stand. Ich trank den Rest der Flasche aus. Er schmeckte leicht salzig, was aber auch daran gelegen haben könnte, dass ich immer noch weinte. Ich setzte mich auf den Hocker und dachte über mich und alles, was mir in den Kopf kam, nach. Der Wein erschwerte meinen Denkprozess erheblich, betäubte aber auch wunderschön das Gefühl der Leere.

Irgendwann nachts wachte ich dann auf, da ich fast vom Stuhl gefallen wäre. Ich bin unter Tränen auf der Kücheninsel eingeschlafen. Mein Rücken und Nacken bestätigten mir direkt, dass das gar keine gute Idee gewesen war. Müde schleppte ich meinen Körper ins Bett und hoffte inständig, dass dieser Abend nur ein schlechter Traum gewesen war.

Am nächsten Morgen wurde ich von einem feuchten Kuss geweckt. Es war Miley, die mir mitteilen wollte, dass sie wach war und einmal ganz dringend wo hinmusste. Ich stand auf, ließ den Hund raus und sah in der Küche die leere Weinflasche. Es war also kein Traum gewesen. Der Abend ist genauso abgelaufen, wie ich ihn in verschwommener Erinnerung hatte. Leider.

Ich schaltete die Kaffeemaschine ein und sah auf mein Handy. Es waren Nachrichten von Clara und Saidi, die fragten, wie das Date war. Und zwei Nachrichten von Will. In der ersten wollte er wissen, ob ich gut angekommen war. In der zweiten wollte er wissen, ob alles okay wäre.

Okay? Nein, okay war hier gar nichts. Und das Schlimmste war schon wieder, dass es meine Schuld war. Ich hatte nicht hören wollen. Ich habe alle roten Schilder übersehen oder wissentlich nicht sehen wollen. Und am allerschlimmsten, ich habe nicht auf Will gehört. Er hatte es doch oft genug gesagt. Ich wollte es nur nicht wahrhaben. Vielleicht lag es daran, dass ich immer noch felsenfest davon überzeugt war, dass das Schicksal uns zusammengebracht hatte. Und zwischen uns so etwas wie Seelenverwandtschaft bestand. Aber was bringt es einem, wenn nur der eine von beiden so fühlt? Nichts.

Ich beschloss, meinen Kaffee auf meiner Veranda zu trinken und dabei einen Podcast zu hören.

Ich hatte gerade einen entdeckt, der wie für mich gemacht war. Es ging um Selbstliebe, Spiritualität und den Sinn des Lebens.

Gestärkt durch den Kaffee und die weisen Worte des Podcasts, beschloss ich, für mich und meine Gefühle einzustehen. Und wählte Wills Nummer. Es klingelte kurz. Dann nahm Will ab.

„Hey, Sunny, ich hatte mir schon Sorgen gemacht, du hast dich gar nicht mehr gemeldet. Ist alles okay bei dir?"

„Okay? Nein bei mir ist nichts okay, Will! Ich denke, wir müssen reden. Ich habe gesehen, was du gestern Abend, nachdem wir miteinander geschlafen haben, gemacht hast. Und ganz ehrlich es hat mich verletzt."

„Was meinst du bitte? Ich weiß ehrlich nicht, was jetzt dein Problem ist. Wir hatten doch einen schönen Abend, oder nicht?"

„Doch Will, er war wunderschön, aber dann auf einer Dating-App weiterzusuchen, während ich im Bad bin, geht gar nicht für mich. Es tut mir leid."

„Jetzt sei doch entspannt!" kam es aus dem anderen Ende meines Telefons.

„Entspannt, wie meinst du das Will?" fragte ich etwas zickig.

„Lass doch die Dinge auf dich zukommen", sagte er ganz locker.

„Tut mir leid, ich bin für so eine Freundschaft plus, oder wie man das, was wir haben, einfach nicht gemacht. Ich muss das hier jetzt für mich tun. Es ist besser, wenn wir keinen Kontakt mehr haben."

„Okay, wenn du meinst", erwiderte er und wünschte mir noch viel Glück. Dann legte er auf.

Ich sah auf mein Telefon, und das sagte mir genau das. 'Beendet'. Das Telefonat war beendet. Unser, was auch immer es war, war auch beendet. Ich spürte, wie sich eine Leere in meinem Herzen ausbreitete. Ich wusste, dass es das Beste für mich und mein Herz war. Aber warum hat es sich dann so falsch angefühlt? Ich hatte gehofft, er würde sich um mich bemühen. Aber wieder einmal gab es einen Mann in meinem Leben, der einfach kampflos aufgab. Anscheinend war ich es nicht wert, dass man um mich kämpft. Diese und andere Dinge schossen mir in den Kopf. Ich wurde eiskalt erwischt und von meinen Emotionen übermannt. Ich stand noch eine ganze Weile in meiner Küche. Es fühlte sich an wie ein déjà-vue. Als hätte ich dies alles schon einmal erlebt. Auch der Schmerz fühlte sich identisch an. Ich spielte unser Gespräch nochmal durch. Ging all unsere Gespräche nochmal durch. Hatten mich meine Gefühle so getäuscht? Ich hatte in den vergangenen Jahren oft nicht auf meine Gefühle gehört, besonders mein Bauchgefühl hatte ich des Öfteren ignoriert. Aber dieses eine Mal wollte ich drauf vertrauen, ich wollte es glauben. Mein Gefühl und mein Herz sagten mir, es hätte anders enden müssen. Aber leider war die Realität eine andere. Ich war nicht dafür gemacht, einen Mann mit einer anderen zu teilen und von diesem Standpunkt wollte ich auch nicht abweichen. Wenn ich mit jemandem zusammen war, dann wollte ich die Einzige sein und nicht nur eine Option, die man behält, bis etwas Besseres kommt.

Was sein soll, soll sein. Was nicht sein soll, ist nicht für dich bestimmt. Einfach gesagt, schwer zu akzeptieren, wichtig daran zu glauben

Kapitel 17

Es war knapp eine Woche seit meinem letzten Telefonat mit Will vergangen. Zuerst wollte ich Saidi und Clara gar nichts davon erzählen. Da sie mich aber bei unserem letzten Frühstück wie verrückt nach dem Date ausgefragt hatten, konnte ich gar nicht anders. Ich musste es Ihnen erzählen. Und ich wusste auch schon, was sie sagen würden. Dafür kannte ich sie zu gut. Nachdem ich mit meiner halbstündigen Ausführung fertig war, sah ich beide an. Und beide sahen sich an, als ob sie sich telepathisch absprachen, wer von ihnen mir nun zuerst den Kopf zurechtrücken darf. Bevor sie überhaupt loslegen konnten, fiel ich ihnen ins Wort und erklärte, ich wisse schon, dass es mein Fehler war. Aber ich konnte doch auch nichts für meine Gefühle.

„Ach mein Schatz", fing Clara an. „Natürlich kannst du nichts dafür, aber es ist ja wirklich nicht so, dass es nicht genügend Anzeichen gegeben hat. Und wie oft hat er dich bitte in dieser kurzen Zeit schon enttäuscht? Vielleicht besteht eine Verbindung zwischen euch. Es gibt da diesen Spruch „Manchmal begegnen sich zwei Seelen und verabreden sich still für später, um ihren Menschen noch die Zeit zu lassen, die sie noch brauchen", zitierte Clara.

„Ja vielleicht war es so, aber warum musste es gerade mir passieren?", fragte ich.

„Du, es gibt Dinge zwischen Himmel und Erde, die sind für uns Menschen weder greifbar noch plausibel. Glaube doch einfach, meine Liebe, glaube", sagte Clara mit einem weisen Unterton und nahm mich in ihre Arme.

„So, jetzt ist aber gut", unterbrach Saidi uns. „Jetzt hör endlich auf zu jammern, es kann doch echt nicht sein, dass du dich wirklich so fertig machst wegen eines Kerls, den du kaum bis gar nicht kennst. Zieh den Kopf aus dem Arsch, Süße, das Gejammer steht dir nicht." Ich wollte ihr gerade entgegnen, dass ich sehr wohl zu wissen glaubte, wer Will sei, doch da wurde ich auch schon energisch von Saidi unterbrochen.

„Ich möchte jetzt kein weiteres Wort über diesen Will hören. Wenn er nicht sieht, was er an dir hat, dann soll sich der Penner ruhig aus dem Staub machen." Etwas irritiert über Saidis Wortwahl blieb mein Mund kurz offen. Doch ich sah es im Grunde ja genauso. Ich hatte mein Leben lang um Anerkennung gekämpft. Ich hatte um die Liebe meiner Eltern gekämpft. Die Liebe von Männern. Und mich ganz oft selbst dabei verloren oder gar aufgegeben. Wie zuletzt bei Tom. Ich hatte so viel darum gekämpft, dass er mich liebt, dass er mich sieht, doch es war vergebens. Nein, ich wollte und konnte das nicht mehr. Ich wollte geliebt werden, ja dessen war ich mir bewusst. Doch nicht um jeden Preis. Ich war es ehrlich leid, mich zu verstellen, nur damit ich in die Welt von jemandem passte. Saidi und Clara sahen mir an, dass es in mir arbeitete.

„Und nun?" fragte ich, „Was mache ich jetzt? Ich kann ihn nicht vergessen. Ich sehe ihn überall. Mir war gar nicht bewusst, wie präsent er in dieser Stadt ist. Ich sehe ihn auf Bussen, auf Taxen, in der Zeitung."

„Was du brauchst, ist Ablenkung, meine Kleine", sagte Saidi. „Wir suchen dir ein paar hübsche Exemplare, die dich diesen, wie hieß er noch gleich, ganz schnell vergessen lassen. Du hast doch noch diese Dating-App oder? Ist da denn nichts Brauchbares dabei?" fragte Saidi. Ja stimmt, ich hatte diese App tatsächlich noch auf meinem Handy installiert, jedoch war mir dieses ganze Hin- und Hergewische einfach zu oberflächlich. Und an sich suchte ich doch auch keinen Mann. Aber das hatte ich vor Will ja auch gedacht. Ich konnte gar nicht so schnell reagieren, da hatte sich Saidi schon mein Handy geschnappt. Sie öffnete die Website. Und sah sich das Angebot an. Saidi versuchte sogleich, Amor zu spielen. Sie wischte wie wild nach links und nach rechts, ohne mir auch nur einen Mann zu zeigen. Kurze Zeit später wurde mir dann auch schon mitgeteilt, dass sie für heute alle potenziellen Matches gesehen hatte. Ach, wie schade, dachte ich und war froh, dass wir uns wieder auf unser Frühstück konzentrieren konnten. Hätte ich geahnt, was sie mit ihrem Gewische angestellt hatte, ich hätte sie gleich einen Kopf kürzer gemacht.

Zuhause nahm ich mein Handy erst spät wieder in die Hand. Und es traf mich wie ein Schlag. Ich hatte fünfundzwanzig Matches. Es war unglaublich. Bei näherer Betrachtung konnte ich dann aber auch sehen, wie es dazu kam. Anscheinend hatte Saidi jeden Typen geliked. Mich wunderte es, dass sie nicht aus Versehen bei ihrem Elan ein Auto oder ähnliches für mich als Partner in Betracht gezogen hatte. Schmunzelnd setzte ich mich auf die Couch und sah mir alle Männer genau an. Viele konnte ich gleich aussortieren. Es tat mir auch leid, aber ich hatte schon eine grobe Vorstellung, wie ein Mann sein und aussehen sollte.

Komischerweise zog ich immer Will als Vergleich heran. Er war halt immer noch in meinem Herzen. Ich schluckte einmal und befand, dass ich nun auch weiterziehen müsste. Er hat es schließlich auch getan. Also schrieb ich drei potenzielle Männer an. Und unterhielt mich mit dem einen oder anderen auch durchaus ganz gut. Da selbst Clara meinte, Ablenkung sei jetzt genau das Richtige, vereinbarte ich für die nächste Woche mit jedem von den Dreien ein Date. Zufrieden goss ich mir ein Glas Wein ein und entspannte für den Rest des Abends. Am nächsten Morgen wurden meine Ablenkungspläne noch konkreter. Ich hatte nämlich, bevor Saidi und Clara mir hierzu geraten hatten, selbst über Ablenkung nachgedacht. Aber eine andere Art von Ablenkung: Frauenabend. Der ehemalige Mami-Baby-Treff wurde von mir wieder spontan ins Leben gerufen. Es waren acht Frauen, mit denen ich, als Ben noch klein war, einen Babykurs besucht hatte. Wir hatten uns angefreundet und trafen uns sporadisch immer alle zwei bis drei Monate zum Kaffee oder auf einen netten Abend. Diesmal hatte ich alle an einem Freitag zu mir zu einem Barbecue eingeladen.

Ich hatte somit die kommende Woche einen vollen Terminplan: Drei Dates und einen Frauenabend, da konnte ich doch gar nicht über andere Dinge nachdenken.

Das erste Date sollte gleich am Montag stattfinden. Da ich an diesem Tag sowieso beruflich in der Stadt zu tun hatte, dachte ich mir, ich verbinde das Berufliche mit dem Privaten. Und so war mein erstes Date ein Mittagslunch. Daniel, so hieß er, war etwas jünger als ich und sah auf seinen Fotos wirklich sehr sympathisch aus. Blond, blaue Augen und ein sehr nettes Lächeln. Wir trafen uns in einem meiner Lieblingslokale dem 'Cen'. Dort konnte man gut frühstücken, es gab aber auch ein wirklich großartiges Lunchangebot. Das Beste war aber, dass der Chefkellner ein alter Schulfreund war, der mich zur Not hätte retten können. So wartete ich etwas überpünktlich auf mein Date. Ich erkannte ihn sofort an seinem Lächeln. Es wirkte auch im realen Leben sehr sympathisch. Es gab da nur zwei kleine Dinge, die mich etwas an ihm störten. Und ja, mir war durchaus bewusst, dass dies oberflächlich und gemein war, aber was sollte ich machen. Daniel hatte kaum noch Haare auf dem Kopf. Was für Menschen, die auf

Glatzen stehen, garantiert wie ein Sechser im Lotto gewesen wäre, war für mich leider etwas abtörnend. Und das Zweite - er war klein. Ja ich weiß, ich habe auch keine Modelmaße und bin auch nicht groß. Aber wenn der Mann so klein ist, nein. Wir unterhielten uns sehr gut. Aber diese zwei Kriterien hatten ihn gleich aus dem Rennen geworfen.

Nach dem Lunch verabschiedete ich mich höflich und sagte ihm, ich würde mich melden. Denn auf die Frage, wie es mir gefallen hat, konnte ich zwar ehrlich antworten, dass es nett war. Ich wollte ihm aber nicht gleich sagen, dass er mir zu klein war. Das musste ich dann doch etwas einfühlsamer machen.

Das zweite Date folgte dann gleich am Dienstag. Meine Eltern hatten zugesagt, auf Ben aufzupassen und so konnte ich mich mit Noah, so hieß der Herr, zum Abendessen verabreden. Diesmal inspizierte ich die Fotos wie eine FBI-Agentin. Ich wollte für jede Eventualität gewappnet sein. Wir wollten persisch essen gehen. Da ich immer gern kulinarisch etwas Neues ausprobiere, war ich sehr begeistert von dem Vorschlag. Noah kam pünktlich zum vereinbarten Treffpunkt. Er hatte vorher noch einen kleinen Stadtrundgang geplant. Wir begrüßten uns und ich konnte im ersten Moment nichts entdecken, was nicht seiner Beschreibung entsprach. Er war zwei Jahre älter, hatte braune Haare, braune Augen und war circa 1,80 m groß. Also genau so, wie ich es mir vorgestellt hatte.

Noah war schon geschieden und hatte auch einen kleinen Sohn. Er arbeitete erfolgreich in einer Werbeagentur und trieb in seiner Freizeit viel Sport. Bombe, dachte ich mir. Wir gingen gemütlich durch die Stadt, denn die Tischreservierung war erst später. Er war ein interessanter Gesprächspartner und wir fanden die ganze Zeit Themen, über die wir sprechen konnten. Ab und zu, so schien es, versuchte er mir etwas näher zu kommen. Und irgendwie fühlte ich mich dabei nicht wohl. Es war so wie bei Dirty Dancing: 'Das ist mein Tanzbereich, und das ist dein Tanzbereich'. Und nein, ich wollte ihn nicht in meinen Tanzbereich hineinlassen. Manchmal dauert es ein wenig länger, bis ich etwas gelernt hatte, aber die letzten Monate hatten mir deutlich gezeigt, dass ich auf die Signale, die mein Körper mir gab, hören sollte. Und mein Bauchgefühl sagte mir, dass ich nicht von diesem Mann in den Arm genommen werden wollte. So wich ich immer sehr geschickt aus, wenn er wieder einen Versuch wagte. Beim Perser war er weiterhin ganz Gentleman, hielt mir die Tür auf und hat sogar versucht, mir beim Ausziehen der Jacke zu helfen. Dies war für mich das befremdlichste. Ich, die gerade ihr ganzes Leben allein regelte, sollte mir beim Jacke ausziehen helfen lassen? Okay, mir war durchaus bewusst, dass er nur höflich sein wollte, aber das konnte ich schon noch allein. Das Essen war sehr gut. Und ich rede hier leider nur von dem Essen. Das Date zog sich komischerweise, seit wir im Restaurant waren, wie ein Kaugummi. Obwohl er nett war, war ich durchaus froh, dass ich nach dem Essen einen Anruf von meinen Eltern bekam, da Ben nicht einschlafen wollte. Ich verabschiedete mich und versprach, mich zu melden.

Ich fuhr zu meinen Eltern und ließ in Gedanken nochmal das Date Revue passieren. Es war nett. Aber nicht mehr. Ich hatte für mich beschlossen, dass ich dieses Kribbeln im Bauch fühlen wollte. So wie bei Will. Ach, da war er wieder, ich schien insgeheim auch diese beiden Männer mit ihm zu vergleichen. Ich verglich jeden Mann mit ihm und keiner von meinen Dates schien ihm das Wasser reichen zu können. Dabei hat er gar nichts außerordentlich romantisches für mich getan. Er hat mich noch nicht mal so behandelt, wie ich es mir gewünscht hatte.

Zuhause angekommen, holte ich Ben von meinen Eltern ab und wir beschlossen, eine Schlafparty in meinem Bett zu veranstalten. Er nahm alle seine Kuscheltiere und brachte sie in mein Bett. Keine fünf Minuten später schlief mein kleiner Schatz auch schon seelenruhig in meinen Armen.

Verzweifelt nach Liebe zu betteln ist das Schlimmste, was du dir selbst antun kannst

Kapitel 18

Da Ben sich in der Nacht wie ein Brummkreisel gedreht hatte, konnte ich nicht wirklich erholsam schlafen. Ich habe mir stattdessen überlegt, was ich Daniel und Noah sagen sollte. Weil ich ihnen nicht weh tun wollte, wollte ich es lieber beenden, bevor es erst richtig anfing. Denn gerade *ich* wusste nur zu gut, wie schnell sich Gefühle entwickeln können. Und verletzen wollte ich wirklich niemanden. Ich schrieb Ihnen, dass ich sie für wirklich großartige Menschen hielt, es aber für mich nicht gepasst hat. Eine nähere Ausführung ließ ich hier aus. Auf meine Nachrichten bekam ich von ihnen etwas enttäuschte Antworten, aber ich hatte ein reines Gewissen. So begann ich den Tag mit Herzen brechen und machte mich dann bei Ben unbeliebt, da er nicht zu Haus bleiben durfte, sondern in die Schule musste. Ich beschloss, nachdem ich den Haushalt gemacht hatte, mir etwas Zeit für mich zu gönnen. Selfcare nennt man das heute. Also meditierte ich wie jeden Morgen und verwandelte mein Büro in eine Räucherhöhle.

Ich beschloss, vor meinem Treffen mit Clara und Saidi noch eine Runde laufen zu gehen. Auch dies fiel mir von Mal zu Mal leichter. Ich hatte es geschafft, neun Meilen am Stück zu laufen, ohne danach ein Sauerstoffzelt zu benötigen. So band ich meine neuen, super stylischen neongelben Turnschuhe zu und steckte mir meine Kopfhörer in meine Ohren, um mich von meiner Lieblingsmusik beschallen zu lassen. Diesmal nahm ich eine etwas abgeschiedenere Laufstrecke, damit ich lauthals mitsingen konnte, während ich lief. Und auch heute lief und lief ich. Manchmal hatte ich das Gefühl, um mein Leben zu laufen. Es war schon komisch. Da hatte ich mich auf ein Dating eingelassen, um Tom zu vergessen. Nur hat mir gleich meine erste Datingerfahrung mein Herz gebrochen. Vielleicht war ich doch nicht dafür gemacht. Vielleicht hat der Mensch nur eine begrenzte Anzahl an Lieben in seinem Leben. Ja, und wenn dem so ist, könnte es denn nicht sein, dass ich meine schon alle verbraucht hatte?

Meine Laufstrecke umfasste heute lockere acht Meilen und führte an einem wunderschönen, groß angelegten See vorbei. Ich beschloss, da ich noch gut in der Zeit war, mich etwas auf eine Bank zu setzen. Diese waren entlang des Sees immer mal wieder aufgestellt worden, um den Leuten Plätze zum Verweilen zu bieten.

Der Sommer ging langsam zu Ende. Trotzdem hatte die Sonne immer noch eine enorme Kraft, wenn sie schien. Ich schloss für einen Moment meine Augen und atmete tief ein und wieder aus. Ich versuchte, meine Sinne zu schärfen. Alles in mir aufzunehmen. Die Vogelstimmen, die immer noch fröhlich um die Wette sangen. Das Geräusch der Bäume, während der leichte Spätsommerwind durch ihre Äste wehte. Es schien, als würde alles für mich ein kleines Lied singen. Plötzlich spürte ich eine leichte Berührung auf meiner Hand. Ich traute mich nicht, meine Augen zu öffnen, vernahm aber sogleich einen angenehm bekannten Geruch. Es war der meiner Großmutter. Sie war bei mir, dass wusste ich genau. Und so begann ich, ihr mein Herz auszuschütten. Ich erzählte ihr alles. Alles was mich bewegt hat, alles was mich verletzt hat und mich manchmal so unfassbar traurig machte. Ihr konnte ich alles anvertrauen. Sie hörte mir still zu und streichelte währenddessen meine Hand. Erst als ich einen tiefen Atemzug genommen hatte und diesen auch wieder ausgeatmet hatte, begann sie zu sprechen. „Ach mein kleiner Schmetterling, ich verstehe deinen Schmerz, aber lass dich nicht von ihm lähmen. Du bist schon so weit gekommen und du hast deine Flügel nicht, um sie nicht zu nutzen. Genieße dein Leben. Genieße die Zeit mit deiner Familie und deinen Freunden. Finde dich und lerne dich endlich selbst zu lieben. Mach deine Liebe nicht von irgendwelchen Menschen abhängig. Du bist so viel mehr als du zu glauben wagst. Glaube an dich meine liebe Cassandra, glaube an dich und fang endlich an zu fliegen." Ich wusste nicht, was ich darauf erwidern sollte. Vieles von dem hatte Clara mir auch schon gesagt. Umgesetzt hatte ich es aber nicht wirklich. „Aber, wie werde ich diesen Schmerz nur los? Es ist als würde er mich lähmen."

„Fang an, zu vergeben, meine Liebe. Es gibt diesen Spruch 'Verletzte Menschen, verletzen Menschen'. Versuche, zu vergeben und Frieden mit den Menschen zu schließen, von denen du meinst, sie hätten dich verletzt. Und du wirst sehen, es wird dir besser gehen. Erst, wenn du den Kreis durchbrochen hast, wird sich der Schleier, der dir die klare Sicht versperrt, lösen."

„Ich soll vergeben? Wie soll das gehen? Keiner wird sich entschuldigen. Vieles möchte ich auch gar nicht vergeben."

„Lerne zu vergeben und dein Herz wird sich wieder öffnen. Glaube mir, mein kleiner Schmetterling."

Sie gab mir einen Kuss auf die Stirn. Und es war wieder still um mich. Nur die Vögel und die Bäume, die noch immer ihr Lied für mich spielten, waren zu hören. Ich öffnete die Augen und sah, dass sich ein wunderschöner, blauer Schmetterling auf meiner Hand niedergelassen hatte.

Ich atmete tief durch. Ließ meinen Blick noch einmal schweifen und bedankte mich in Gedanken bei meiner Grandma für ihren Rat und das Zuhören und schickte ihr ein Lächeln Richtung Himmel.

Nach meinem Lauf sprang ich schnell unter die Dusche, zog mir etwas Bequemes an und schwang mich auf meinen alten Drahtesel, um schnell zu Saidi rüberzufahren. Clara saß schon in einem der Korbstühle auf Saidis Veranda und genoss ein Glas von

Saidis berühmt-berüchtigten Eistee. Er war lecker, jedoch wurden wir nie in ihr Geheimnis eingeweiht, was ihn so besonders machte. Saidi kam aus ihrer Verandatür und sah wie immer bombastisch aus. An sich dachte ich, dass wir uns nur zu einem kleinen Plausch treffen würden. Dass das hier eine Galaveranstaltung war, war weder mir noch Clara bewusst.

Saidi trug einen pinken Hosenanzug mit einem schwarzen Gucci-Gürtel und dazu High Heels, in denen mir selbst das Liegen weh getan hätte. Ihr Make-up saß perfekt und war mit einem pinken Liedstrich auf ihr Outfit abgestimmt. Ich fand es jedes Mal aufs Neue bemerkenswert, was Saidi für einen guten Kleidungsstil hatte. Dies führte auch in jüngster Vergangenheit dazu, dass sie vermehrt Anrufe von mir bekam, ob dieses oder jenes Kleidungsstück zusammenpasst. Und ob ich so auf ein Date gehen kann. Ich hatte sie insgeheim zu meiner privaten Stylistin ernannt.

Wir verbrachten einen lustigen Nachmittag miteinander. Beiläufig erwähnte ich meine zwei vergangenen Dates und musste mir auch gleich Claras Vorwurf anhören, dass ich oberflächlich sei. Saidi hingegen war da eher auf meiner Seite. Sie meinte schon, dass das Aussehen am Anfang halt das Anziehende ist. Wie heißt es so schön: „Aussehen zieht an, Charakter bindet", zitierte sie einen Spruch. Ja das stimmt schon. Aber dass der Hauptkritikpunkt, warum die beiden bei mir keine Chance hatten, eigentlich ein anderer war, behielt ich für mich.

Da wir alle noch etwas zu tun hatten, machte sich nach circa drei Stunden Getratsche und Lachen bis die Tränen kamen, Aufbruchsstimmung breit.

Clara und ich waren beide mit dem Rad da und so beschlossen wir, einen Teil des Weges gemeinsam zu fahren. Während wir so vor uns hin strampelten fragte ich Clara, ob sie wisse, wie man jemandem vergibt. Verdutzt sah sie mich an.

„Wie kommst du denn darauf?", fragte sie erstaunt. „Naja, ich hatte da so einen Artikel gelesen", log ich. Ich hätte ihr schlecht sagen können, dass ich mich mit meiner toten Grandma unterhalten hatte.

„Ja klar weiß ich wie man jemandem vergibt. Ich nehme die Entschuldigung an, wenn ich eine bekomme und vergebe dann, oder was meinst du?"

„Nein ich meine eher, wenn sich jemand nicht entschuldigt."

„Ahhh", Clara ging anscheinend ein Licht auf und ein breites Grinsen legte sich über ihr ganzes Gesicht.

„Ho´oponopon" sagte sie daraufhin.

„Was meinst du, ich habe nur Popo verstanden."

„Nein Kleine, Ho´oponopono, das ist ein uraltes Hawaiianisches Vergebungsritual. Das musst du machen. Da hätte ich auch viel früher drauf kommen können. Ich suche dir zu Hause was raus und schicke es dir dann. Ich habe dich lieb Süße, fahr vorsichtig."

Mit einer Kusshand verabschiedete sich Clara, da unsere Wege sich nun trennten.

Vergebe anderen um deiner selbst Willen, denn nur so kannst du Frieden schließen

Kapitel 19

Am kommenden Morgen erhielt ich von Clara das versprochene Material. Per Eilpost - ihrem Mann - direkt an die Haustür geliefert. Es war ein ganzer Karton. Randvoll mit Büchern, Räucherstäbchen, Kristallen und vielen anderen Dingen. Ich brachte Ben zur Schule und fuhr dann zur Arbeit. Mit voller Vorfreude, auf mein neues Projekt 'Vergeben' ging der Vormittag recht schnell zu Ende. Während Bens Baseballtrainings konnte ich schon mal etwas in einem der Bücher von Clara stöbern. Es hörte sich sehr interessant an. Während ich das Buch durchflog, wurde mir bewusst, dass es anscheinend eine Menge Menschen in meinem Leben gab, mit denen ich dieses Ritual machen sollte. Ich überlegte, wer wohl die erste Person war und entschied mich für Will. Ich wollte ihn endlich nicht mehr im Kopf haben. Ihn endlich vergessen, jedenfalls erhoffte ich mir dies davon.

Ich hatte mir für diesen Abend also recht viel vorgenommen. Ben machte eine Übernachtungsparty bei Mo. Insgeheim war mir klar, dass Clara Ben diesen Übernachtungsfloh in die Ohren gesetzt hatte, da sie wusste, dass ich an diesem Abend ein weiteres Date hatte. Ben ist nach dem Training gleich bei Mo geblieben, so hatte ich genügend Zeit, mich in mein Büro/ Meditationszimmer zurückzuziehen. Jedes Mal, wenn man neuerdings die Tür zu meinem Büro öffnete, kam einem gleich ein leichter Geruch von

Räucherstäbchen und Duftkerzen entgegen. Ich hatte sogar einen kleinen Tisch bereitgestellt und dort das eine oder andere esoterische Relikt platziert. So fand man ein paar Heilsteine neben Tarotkarten und Räucherstäbchen. Ich fühlte mich jedes Mal sehr geborgen, wenn ich diesen Raum betrat. Es war eine Art spiritueller Rückzugsort für mich geworden. Auch wenn Ben seitdem nicht mehr gerne ins Büro kam, da er fand, es würde stinken.

Ich setzte mich auf mein neues Meditationskissen, zündete ein Räucherstäbchen an und schrieb mir die Grundzüge des Ho´oponopono-Rituals heraus. Ich fand es zwar ein wenig befremdlich, mit jemanden zu reden, der nicht anwesend war. Aber dass es Dinge zwischen Himmel und Erde gibt, die für mich nicht erklärbar sind, habe ich in letzter Zeit zur Genüge feststellen dürfen. Vielleicht hat es auch daran gelegen, dass ich langsam begonnen hatte, an die Dinge zu glauben, die ich tat. Mir ging es besser, seitdem ich morgens meditierte. Und auch meine negativen Gedanken suchten mich viel seltener auf als noch zuvor. Als ich fertig war, schloss ich meine Augen und konzentrierte mich ganz auf meine Atmung. Ich atmete tief durch die Nase ein und durch meinen Mund wieder aus. Mit jedem Atemzug bemerkte ich, wie sich mein Körper mehr und mehr entspannte. Meine Aufmerksamkeit lenkte ich nun in meinen Herzraum und ich stellte mir ein weißes Licht vor, welches mit jeder Ein- und Ausatmung meinen ganzen

Körper erhellte. Erst, als jede einzelne Faser meines Körpers mit diesem Licht durchflutet wurde, begann ich mit dem Ritual.

Es bestand aus vier Teilen. Als erstes sagte man, was einem leid tat. Dann bat man um Verzeihung. Danach bedankte man sich und zum Schluss sagte man der Person noch, dass man sie liebt. Und bittet dann das Universum, alles zu transformieren.

Der Anfang war schwer für mich, jedoch merkte ich, wie mit jedem Satz, den ich sprach, es mir immer leichter fiel. So saß ich gefühlt eine kleine Ewigkeit im Schneidersitz auf meinem Kissen. Tränen liefen mir meine Wangen hinunter, während ich das Ritual mit Will durchführte. Zum Schluss sagte ich ihm wirklich, dass ich ihn dafür liebe, dass er mir gezeigt hat, was ich von einem Mann möchte und wie ich zukünftig in Beziehungen behandelt werden wollte.

Es war, als hätte mir jemand endlich die Augen geöffnet. Mein Herz war leicht und fühlte sich irgendwie befreit an.

Ich trocknete mir meine Tränen, atmete noch einmal tief durch, und beschloss, Will in meiner Vergangenheit zu lassen.

Da ich an diesem Abend noch mein drittes Date hatte, machte ich mich schnell frisch. Legte neues Make-up auf, und zog eine Jeans mit einer dazu passenden Jeansjacke an. Ein kurzer Stylecheck von Saidi, der ich ein Bild von meinem Outfit geschickt hatte, sagte auch, dass ich so auf einen weiteren Mann losgelassen werden konnte.

Auch Sebastian hatte ich auf der Dating Plattform kennen gelernt. Er war groß und laut seinem Profil sehr sportlich. Wir wollten eine Kleinigkeit essen und danach noch in einen Standup-Comedy-Club gehen. Etwas unpünktlich stolperte ich in das Restaurant, auf das wir uns geeinigt hatten. Sebastian saß schon an dem Tisch, den er für uns reserviert hatte. Und was ich sah, gefiel mir wirklich sehr gut. Seine rehbraunen Augen sahen mich freundlich an und ein jungenhaftes Lächeln begrüßte mich. Ich umarmte ihn zur Begrüßung direkt. Mir war einfach danach und ihm schien es auch recht zu sein. Da wir uns viel zu erzählen hatten, aßen wir unser Essen fast kalt. Was mich aber in keinster Weise störte. Wir tranken einen vorzüglichen Rotwein, den Sebastian für uns beide bestellt hatte und ich bemerkte, dass ich einen leichten Glimmer bekam. Zur Feier des Tages teilten wir uns noch ein Dessert und verließen dann wirklich sehr entspannt das Restaurant, um zu unserer nächsten Destination zu gelangen. Fußläufig war sie nur fünf Minuten vom Restaurant entfernt. Ich hatte leider die Spätsommerabende unterschätzt und fing an, leicht zu frieren, da es in meiner Jeansjacke doch etwas zu kühl war. Sebastian bot mir seine Jacke an und ich legte sie mir dankbar um. Die *'Comedy City'* war ein kleines Etablissement, welches für Hobby-

Comedians gedacht war. Wir bestellten uns beide einen großen Cocktail und ließen uns von den mehr oder auch weniger witzigen Anekdoten der Darsteller berieseln. Zwischen den Darstellern unterhielten wir uns angeregt weiter und mit Erstaunen registrierte ich, dass es schon kurz vor Mitternacht war. Ich sagte Sebastian, dass ich langsam nach Hause müsste, da ich am nächsten Tag noch einiges auf dem Zettel hatte. Sebastian brachte mich zu meinem Auto, das ich im Nachhinein besser hätte stehen lassen sollen. An meine Autotür gelehnt, rezensierten wir den Abend und fanden, dass er wirklich sehr schön war. Und ja, diesmal meinte ich es auch wirklich ernst. Sebastian beugte sich zu mir nach unten und mir war klar, dass er mich küssen wollte. Etwas nervös, nicht wissend, was ich nun machen sollte, kam ich ihm dann einfach zuvor und küsste ihn schnell einmal auf den Mund. Etwas verwundert wich er zurück. „Huch, Sunny damit hatte ich nicht gerechnet. Ich wollte mir eigentlich nur meine Jacke wieder nehmen."

„Ooohh, nein. Oh, es tut mir so leid. Mann, ist mir das jetzt aber peinlich", entgegnete ich etwas verwirrt und wäre am liebsten im Erdboden versunken. Während ich noch immer peinlich dastand, beugte sich Sebastian erneut zu mir hinunter. Diesmal blieb ich still, machte keinerlei Anstalten, mich auch nur im Geringsten zu bewegen. Er umfasste meine Schultern und zog mich zu sich heran und gab mir diesmal von sich aus einen Kuss. Einen langen, zärtlichen Kuss. Und meinte dann nur, dass er sich wirklich freuen würde, mich wiedersehen zu dürfen.

* Liebe Dich immer so sehr, dass die Liebe von anderen nur noch ein Bonus darstellt*

Kapitel 20

Ich schnitt gerade die Avocado für meine Guacamole klein, als mich der Piepton meines Handys aus meinen Gedanken holte. Es war Sebastian, der sich heute schon zum zweiten Mal bei mir gemeldet hatte. Nachdem er mich beim ersten Mal gefragt hatte, ob ich gut nach Hause gekommen sei und einen angenehmen Start in den Tag hatte, wollte er nun fragen, ohne aufdringlich zu wirken, ob ich am Samstag schon was vorhätte. Ich hätte am liebsten gleich gesagt, dass ich Zeit habe und mich gerne mit ihm treffen wollte. Da ich aber, was das Dating anbelangte, etwas klüger geworden war, sagte ich ihm, dass es mir in der nächsten Woche besser passen würde. Ganz nach dem Motto: 'Willst du gelten, mach dich selten'. So ganz verstand ich die ganze Logik nicht, aber jeder Dating Ratgeber, den ich gelesen hatte, sagt einem: „Mach dich rar, lass ihn dich erobern, der Mann will jagen."

In der Zeit mit Tom war das noch anders, das ist aber auch schon eine Weile her. Und Zeiten ändern sich.

Sebastian wirkte etwas enttäuscht, lud mich dann aber für den nächsten Samstag zu sich nach Hause ein. Er wollte für mich kochen. Und da konnte ich nun wirklich schlecht nein sagen.

Das Date mit Sebastian für Samstag stand. Ich fühlte mich momentan wie jemand, die in verschiedenen Welten lebte.

Da gab es einmal die alleinerziehende Mutter, die sich um das Kind kümmerte und dann gab es die Single-Sunny, die ihr Leben mit ihren Freundinnen genoss, sich mit Männern traf und sich manchmal wie ein Teenager benahm. Die richtige Balance hierzwischen hatte ich noch nicht gefunden. Ich war mir nicht mal sicher, ob ich beide Welten je zusammenführen konnte. Oder ob ich dies überhaupt wollte.

Die Vorbereitungen für den Frauenabend waren in vollem Gange. Ich hatte noch einiges auf dem Plan und musste mich nun beeilen. Ich schnibbelte, was das Zeug hielt, deckte den Tisch und stellte Getränke kalt. Die Vorfreude auf diesen Abend war riesig. Es war noch mild draußen und so bot ich meinen Frauen den Aperitif auf meiner Veranda an. Die Nachbarn schauten neugierig durch den Gardinenschlitz. Was einige von Ihnen über mich dachten, wusste ich schon. In so einer kleinen Stadt wird gern getratscht und gelästert. Und das eine oder andere Gerücht ist mir auch schon zu Ohren gekommen. Es war schon komisch, was andere Leute alles zu wissen glaubten. So war ich zum Beispiel diejenige, die den armen Tom hintergangen und vor die Tür gesetzt hatte. Ich würde ihn ausnehmen und er hätte meinetwegen kein Geld mehr. So oder so ähnlich wurde über mich geredet.

Und ja, am Anfang tat es weh. Aber warum sollte ich mich rechtfertigen? Die wenigsten wollten die Wahrheit hören. Mich direkt darauf angesprochen hat nie jemand. So beschloss ich, den Nachbarn jetzt wenigstens einen guten Grund zum Tratschen zu geben. Der Abend, an dem Clara ihren Hintern entblößt hatte, war noch in aller Munde. Auch die Tatsache, dass ich glücklich war, schien die Leute zu stören. Ich war deshalb umso gespannter, was der heutige Abend noch so bereithalten würde.

Da ich angekündigt hatte, dass es ein feuchtfröhlicher Abend werden würde, haben alle Frauen ihre Männer darauf vorbereitet, dass sie bei mir übernachten werden. Ich hätte mir nie träumen lassen, dass ich mit fünfunddreißig Jahren noch einmal eine Übernachtungsparty geben würde. Aber irgendwie machte dies die Sache noch umso lustiger. Alles, was ich an Alkohol zu Hause hatte, stand geordnet auf meiner Kücheninsel. Selbstbedienung war heute das Motto. Und so wurden teilweise sehr kreative Cocktailkreationen gezaubert. Mal mehr, mal weniger schmackhaft. Probiert wurde trotzdem alles. Und mit zunehmendem Alkoholpegel stieg auch der Lärmpegel. Teilweise musste es sich angehört haben, als wäre eine Horde Schimpansen auf LSD unterwegs. Alle hatten sich ihre Nachthemden und Pyjamas angezogen. Wir trugen Gesichtsmasken auf und quatschten vorwiegend über Männer. Es war schon komisch. Unter diesen Frauen war ich die einzige Singlefrau. Alle anderen waren mehr oder weniger glücklich verheiratet. Trotzdem konnte jede einzelne von ihnen herrlich gemein über ihren Ehemann lästern. Und es waren oft Themen, die mich auch an Tom gestört hatten. Nur, warum habe ich den Schlussstrich gezogen, und sie nicht? Ja, es muss wohl die Liebe sein, dachte ich für mich. Denn jede betonte, dass, wenn man liebt, man über viele Dinge hinwegsehen kann. Und ja, das stimmt.

Wir erzählten noch bis tief in die Nacht hinein. Zum Schluss war es eher ein Gemurmel als eine richtige Unterhaltung, da der Alkohol unsere Synapsen weitestgehend betäubt hatte. Trotzdem verstanden wir uns. Alle verteilten sich zu später Stunde auf die verschiedensten Zimmer. Ich teilte mir an diesem Abend mit Maya mein Bett. Bis zu diesem Zeitpunkt war mir nicht bewusst, dass Frauen auch so schnarchen können wie Männer. Aber sie können es. Irgendwann in der Nacht floh ich aus meinem Schlafzimmer und legte mich zum Hund aufs Hundekissen, da alle anderen Plätze belegt waren.

Am nächsten Morgen weckte mich laute Musik aus der Küche. Es roch nach frischen Brötchen und Rührei. Nach kurzer Orientierungslosigkeit war ich wach und begab mich in meine Küche. Am Herd stand Saidi, die mit einer riesigen Pfanne voll Rührei hantierte.

„Hey, ich dachte mir, ich tue euch etwas Gutes und bereite ein kleines Katerfrühstück vor." Pure Freude durchströmte mich, als ich ihr strahlendes Gesicht an diesem Morgen sah und ihre Botschaft vernahm.

„Oh man, das ist aber lieb von dir, du bist ein Schatz." Ich gab Saidi einen Kuss und sie meinte nur, ich sollte mich erst einmal frisch machen. Das wäre nötig, sie würde derweil für uns den Tisch decken. Als ich wieder nach unten kam, waren fast alle Schnapsleichen wieder am Leben. Meine Dusche hat wahre Wunder bewirkt und so sah ich um einiges besser aus als die anderen.

Wir aßen gemütlich das Frühstück, das Saidi uns gezaubert hatte. Jede von uns war dankbar für den Kaffee, der auch in der Letzten von uns die Lebensgeister weckte. Und ich war insgeheim dankbar, dass ich noch einen kinderfreien Tag hatte, da Ben erst am Sonntag von Tom zurückkommen würde.

Am Nachmittag, als alle verschwunden waren, setzte ich mich auf mein Sofa und widmete mich einem Buch, das mich wirklich in den Bann gezogen hatte. Ich vergaß vollkommen die Zeit. Erst als ich Schwierigkeiten hatte, die Buchstaben zu erkennen, bemerkte ich, dass es schon dunkel geworden war. Ich beschloss, es für den Abend gut sein zu lassen, zog mir meine Jacke an, da mein Hund mich seit geraumer Zeit schon sehnsüchtig mit einem Seitenblick anstarrte.

Wir gingen noch eine Runde im Viertel spazieren. Der Himmel hatte sich in ein tiefes Schwarz verfärbt und ein leichter Wind wehte seicht durch die Bäume, die am Straßenrand gepflanzt waren. Während der Hund hier und da schnüffelte, um den besten Platz für sein Geschäft zu finden, blickte ich zum Himmel hinauf. Über mir waren Millionen von leuchtenden Sternen zu sehen. Es war, als hätte ich noch nie zuvor einen Sternenhimmel gesehen. Ich war auf einmal völlig überwältigt. Fast als würde mir der Atem wegbleiben.

Nichts ist so kostbar wie die Zeit, die wir hier auf der Erde haben, hatte ich gerade gelesen. Und unser Leben sei keine Generalprobe. Und ja, es stimmt, aber was mache ich gerade mit meinem Leben? Lebte ich es richtig? Ich war glücklicher als vor meiner Trennung, das stand fest. Ich hatte einen guten Job, in dem ich auch meistens sehr gern arbeitete. Aber Erfüllung, nein Erfüllung empfand ich hier nicht. Was konnte ich gut, fragte ich mich? Was würde mich glücklich machen?

* Der Sinn des Lebens besteht nicht darin ein erfolgreicher Mensch zu sein, sondern ein wertvoller*

Kapitel 21

Am nächsten Tag holte ich Ben von Tom ab. Freudestrahlend kam mir Ben entgegen und erzählte mir ganz aufgeregt, was er das Wochenende alles erlebt hat und wie viel Spaß er mit seinem Dad hatte. Sie hätten ein richtiges Männerwochenende verbracht mit Baseball, Fastfood und Filmen. Ich nahm Ben fest in meine Arme, gab ihm einen Kuss und bat ihn, noch kurz im Wohnzimmer weiterzuspielen. Tom und ich verstanden uns komischerweise seit der Trennung etwas besser. Natürlich gab es noch einiges zu klären, aber alles in allem lief es bei uns. So traf es mich dann auch wie ein Schlag, als er von sich aus mit dem Thema Scheidung anfing. Natürlich hatte ich dies auch im Sinn, aber für mich war es noch weit weg. Wir unterhielten uns lange darüber, wurden teilweise auch laut. Dies geschah meist bei den Punkten, über die wir uns bis dato nicht einig waren. Irgendwann haben wir beschlossen unser Gespräch auf ein anderes Mal zu vertagen, um dann noch die restlichen Punkte zu besprechen.

Völlig erschöpft saß ich nach einer Ewigkeit der Diskussionen im Auto.

Ich war wütend, dass es mir immer noch nicht gelang, meine Wahrheit auszusprechen. Immer noch hielt ich vieles, was mich beschäftigte zurück, nur um keinen Streit auszulösen.

Vom Auto aus rief ich gleich Clara an, ob sie Zeit hätte, ich müsse ganz dringend reden. So fuhren wir nicht geradewegs nach Hause, sondern machten noch einen kleinen Stopp bei Clara. Sie empfing mich schon mit einer frisch geöffneten Flasche Rosé. Ben ging sogleich zu Mo, um mit ihm das neuste Playstationspiel zu spielen und wir konnten uns ungestört unterhalten.

„Mein Gott Sunny, deine negative Energie strahlte schon von deinem Auto aus bis hin zu mir. Was ist denn passiert?" Sie nahm kurzerhand ein Spray und sprühte es mir über den Kopf mit der Bemerkung, das sei gegen die negative Energie.

Ich erzählte ihr von Tom und wie er mich kalt erwischt hatte.

„Ach Schatz, ich verstehe dich, aber denkst du wirklich, dass die Trauer und Wut dich wirklich befreien werden? Hast du dich denn schon mit dem Ho´oponopono beschäftigt?"

„Ja klar habe ich das und ich glaube, dass es funktioniert hat. Es geht mir auf jeden Fall besser."
„Sag mal mit wem hast du das denn gemacht?" fragte sie etwas skeptisch.

„Na mit Will natürlich."
Clara schlug beide Hände vor dem Gesicht zusammen. Diese Geste gab mir gut zu verstehen, dass sie damit überhaupt nicht einverstanden war.

„Denkst du nicht, dass da andere Personen wichtiger gewesen wären. Tom zum Beispiel oder du?"

„Ich?", fragte ich verdutzt, „warum sollte ich das mit mir selbst machen?"

„Naja, vielleicht gibt es ja das eine oder andere, wofür du dir selbst gern mal eine Ohrfeige gegeben hättest, und dies gibt es halt zu verzeihen. Man sollte sich auch seine eigenen Fehler verzeihen, um mit gutem Gewissen und leichtem Herzen weiterleben zu können."

„Oh, so hatte ich das noch gar nicht gesehen."

„Ich bin dir immer gern behilflich", antwortete Clara mit einem verschmitzten Lächeln und einem Augenzwinkern.

„Aber du solltest jetzt erst einmal mit Tom arbeiten. Schreibe einen Brief, in dem du ihm alles sagst, was du ihm schon immer sagen wolltest. Sei ehrlich, nimm kein Blatt vor den Mund. Wenn du fluchen willst, dann mach es auch. Es ist für dich. Damit du endlich mal alle Wut und Enttäuschung loswirst, die tief in dir steckt. Anschließend musst du den Brief verbrennen und das Universum bitten, es für dich zu regeln. Dann mach das Ho´oponopono mit ihm. Und schau was passiert."

„Wird gemacht Chefin.", gab ich mit einem ernsten Ton und einer Handbewegung, wie sie beim Militär üblich ist, zurück.

Während ich zum Auto ging, hallten Claras Worte noch in meinen Ohren. Ich sollte es auch mit mir machen. Ich sollte auch mir verzeihen. Während ich so darüber nachdachte, erschien mir dieser Ratschlag immer klüger. Ich hatte oft die Fehler bei anderen gesucht, aber ich selbst hatte mir auch sehr viel angetan. Vieles, was ich einfach geschehen ließ, aus Schwäche, oder weil ich es einfach nicht besser wusste oder konnte.

* Abstand von jemandem wird dir zeigen, wie sehr du ihn vermisst, oder dass das Leben ohne ihn leichter ist.*

Kapitel 22

Zuhause angekommen musste ich erstmal in mich gehen. In all den Jahren hatten sich da so einige Dinge angesammelt, die ich mir selbst vergeben musste. Ich beschloss, dass ich, nachdem ich das Vergebungsritual mit Tom gemacht hatte, definitiv die nächste wäre, der ich verzeihen musste. So bestand der Anfang der Woche für mich in Vergeben.

Vergeben heißt nicht vergessen, es bedeutet auch nicht gutheißen, was passiert ist. Das hatte ich bis dahin auch gelernt. Es heißt, mit der Situation oder der Sache abzuschließen, um ohne Groll weitermachen zu können. Für einen selbst. Das einzige Problem bestand darin, dass das Abschließen mir mit manchen Menschen immer noch sehr schwerfiel.

Jedes Mal, wenn ich ein Vergebungsritual vollzog, fühlte ich mich sehr ausgelaugt und schwach. Ich konnte jedoch eine kleine Veränderung in mir feststellen. Einige Dinge, die mich vorher gestört hatten, machten mir nun nichts mehr aus. Und Richtung Wochenende setzte dann auch ein Gefühl von Leichtigkeit ein, das mich den Rest der Woche begleitete und auch dazu führte, dass ich der Verabredung mit Sebastian am Samstag völlig gelassen entgegenblickte.

Sebastian wohnte direkt in der Stadt. So beschloss ich, mich von Saidi hinfahren zu lassen, da die

Parkmöglichkeiten sehr begrenzt waren. Er hatte sich ein Loft ausbauen lassen. Im Flur ließ mir der Duft, der aus Sebastians Wohnung kam, schon das Wasser im Mund zusammenlaufen. Wenn er so gut gekocht hatte, wie es roch, hatte ich wirklich Glück. Sebastian öffnete mir die Tür - mit umgebundener Schürze. Mit einer herzlichen Umarmung wurde ich hereingebeten und begrüßt. Er nahm mir meine Jacke ab und ich übergab ihm noch einen Wein, den ich mitgebracht hatte. Sebastian bat mich, schon Platz zu nehmen, während er noch in seiner offenen Küche geschäftig hin und her lief und dann das Essen ästhetisch auf zwei Tellern anrichtete. Es sah nicht nur phänomenal aus, es schmeckte auch vorzüglich. Der Wein, den Sebastian ausgesucht hatte, passte perfekt zum Fleisch, alles war auf den Punkt gegart. Es war sehr beeindruckend. Der eine Mann schaffte es noch nicht einmal, Pommes zu organisieren. Und dieser hier zaubert, als wäre es ein Leichtes, ein Sternemenü zuzubereiten. Ich genoss es, verwöhnt zu werden und noch viel mehr gefiel mir, wie viel Mühe sich dieser Mann für mich gegeben hatte. Ich war ganz verzaubert.

Nach dem Essen machten wir es uns auf der Sofalandschaft gemütlich, die im offenen Wohnbereich stand. Und ich musste schon zugeben, dass Sebastian wirklich sehr gut aussah. In seinen Augen blitzte es immer, wenn er lächelte, und seine Wangen formten ein kleines Grübchen auf jeder Seite. Auch heute hatten wir keinerlei Probleme, unser Gespräch am Laufen zu halten. Es war interessant, wie viel er doch von sich preisgab. Er erzählte von seinen Träumen und Sehnsüchten. Was er für eine Frau suchte und dass er zu alt für Spielchen sei. Als wüsste er genau, was er sagen musste. Genau so etwas wollte ich von einem Mann hören. Ich wollte jemanden, der weiß, was er will, der erwachsen und mutig genug war für eine richtige Beziehung. Und nicht nur auf schnellen Spaß aus war. Wir hatten schon die zweite Flasche Wein geöffnet, da meinte Sebastian, er wolle mir etwas zeigen. Er streckte mir seine Hand entgegen und zog mich langsam hoch. Hand in Hand gingen wir eine Treppe hinauf. Ich wollte gerade einen Einwand erheben, dass ich nicht so eine Person sei, da öffnete er eine Tür. Entgegen meiner Vermutung standen wir nicht in seinem Schlafzimmer, sondern auf einer Dachterrasse. Mir stockte der Atem. Ich sah Lichterketten, die den Ort in goldenem Licht erstrahlen ließen. Auf dem Boden standen unzählige Kerzen verteilt. Im Hintergrund hörte man leicht Musik spielen. In der Mitte stand eine Gartenlounge, die mit Decken und Fellen bestückt war. Es war sehr romantisch. Wir setzten uns auf die Lounge und Sebastian deckte mich mit einer der Decken zu, da er bemerkt hatte, dass ich leicht fror. Über uns strahlten die Sterne. Sebastian kam näher an mich herangerückt und fragte mich ob er mich küssen dürfte. Ich beugte mich zu ihm hinüber, als Antwort auf seine Frage. Leicht legte er seine Lippen auf meine, so als wollte er ganz sicher gehen, dass ich damit einverstanden war. Seine Lippen tasteten jeden Zentimeter meiner Lippen ab und ein prickelndes Gefühl breitete sich in meinem Körper aus. Sanft drückte ich nun meine Zunge an seine Lippen, um ihm zu verstehen zu geben, dass ich mehr wollte als nur unschuldige Schulmädchenküsse. Wir beide küssten uns lang und innig. Seine Hände wanderten von meinem Gesicht zu meinen Brüsten und berührten diese zaghaft. Mich hatten diese Küsse erregt, dass musste ich mir ehrlich eingestehen. Ganz abschalten konnte ich aber trotzdem nicht. Ich war mir nicht sicher, ob ich wirklich weiter gehen sollte. Aber der Plan war ja, Will zu vergessen, und vielleicht war Sebastian ja genau der Richtige hierfür. Wir küssten uns immer inniger. Aus den zögerlichen Küssen wurden immer mehr Küsse, die direkt zum Sex führen konnten. Sein Penis war hart und steif, das ließ mich eine kurze Berührung meiner Hand an seinem Schritt erahnen. Unsere Lust aufeinander wurde immer größer. Ohne viel Worte zu wechseln, zogen wir uns Stück für Stück gegenseitig aus. Sebastian hatte auch hier an alles gedacht und nahm ein Kondom aus seiner Hosentasche und zog es sich über, so schnell konnte ich gar nicht reagieren. Er beugte sich über mich, gab mir einen innigen Kuss und drang in mich ein. Jedenfalls fühlte es sich im Entferntesten so an. Irgendwie spürte ich nichts. Man sagt immer, Größe sei nicht alles, aber ich war mir gar nicht sicher, ob er wirklich in mir war. Ich hatte sein Glied nur kurz gesehen, da sah es durchaus normal groß aus. Aber in mir fühlte es sich an wie ein kleiner Zahnstocher, ein kleines Cocktailwürstchen. Ich hatte in meinem Leben nicht viele Männer. Es waren aber durchaus genug, um sagen zu können, ob der Penis für mich groß genug war. Ich hatte Wills Penis als letzten Vergleich und der hat mich vollkommen ausgefüllt und befriedigt. Meine Gedanken drehten sich nur noch um den Penis und wie ich mich am besten verhalten sollte. Ich stöhnte mechanisch und hoffte insgeheim, dass Sebastian bald kommen würde. Nach einer gefühlten Ewigkeit kam er dann. Er nahm mich in den Arm und man sah ihm an, wie stolz er war. 'Na toll, Sunny', dachte ich. 'Da hast du jemanden gefunden, der nett ist, gut aussieht, nicht auf den Kopf gefallen ist und gerade der hat einen Penis, den man mit ganz viel Pech mit einem Cocktailwürstchen verwechseln konnte'.

Ich ließ mir nichts anmerken und versuchte, den Rest der Nacht noch zu genießen. Was mir nicht wirklich gelang.

Je mehr Sex man mit der richtigen Person hat, desto süchtiger wird man

Kapitel 23

Es war schön, dass wenigstens meine Freundinnen meine Dating-Erfahrungen der letzten Wochen extrem amüsant fanden. Saidi und Clara saßen bei mir im Wohnzimmer und wurden gut unterhalten, als ich ihnen von meinem letzten Date erzählte. Gut, vielleicht lag es auch an meinen sehr plastischen Ausführungen.

„Ach komm, war der Schwanz wirklich so klein?", fragte Saidi etwas skeptisch. Ich ging zum Kühlschrank und holte das Glas mit den Cocktailwürstchen heraus und streckte es ihr entgegen. Als ich ihnen dann noch demonstrierte, dass ich bei einem Blowjob überhaupt kein Problem gehabt hätte, indem ich mir gleich fünf von den Cocktailwürstchen in den Mund stecken konnte, ging nichts mehr. Saidi rutschte, während sie sich vor Lachen den Bauch hielt, vom Sofa und Clara suchte erstmals Taschentücher, um sich ihre Tränen wegwischen zu können. Erst als sie sich etwas beruhigt hatten, konnte ich zu meinem Problem kommen. Was sollte ich nur tun? Sebastian war sehr lieb, hatte sich jeden Tag gemeldet und schon zwei Mal gefragt, wann wir uns denn wiedersehen werden. Ich hatte ihm gesagt, ich sei momentan sehr beschäftig und würde es erst nächste Woche schaffen. Ich hatte nicht den Mut, ihm die Wahrheit zu sagen. Das konnte ich nicht. Das würde ihn einfach zu sehr verletzen. Aber die Größe seines Glieds war wirklich der einzige Punkt, der mich von einem weiteren Treffen abhielt. Wie oberflächlich, dachte ich mir. Aber Saidi meinte, noch bevor ich was sagen konnte, dass Sex zu einer Beziehung dazu gehöre und wenn ich schon, was Beziehungen anbelangt, neu beginne, sollte ich es dieses Mal richtig machen. Ich sollte mir jemanden suchen, der mich sexuell und emotional befriedigt. Und ich sollte mich nicht mit schlechten Kompromissen abgeben. Das hätte ich schon mal getan. Clara fragte noch einmal, als hätte sie meine Wurstdemonstration schon vergessen, ob er wirklich so klein war. Es sei schließlich draußen gewesen und kalt.

„Nein, er war klein und das lag zu einhundert Prozent nicht an der Kälte. Er war ja nicht nur klein, er füllte mich einfach nicht aus. Er war auch vom Umfang nicht ausreichend. Eine glatte sechs. Ich weiß, dass das alles gemein ist, aber mit 'nem kleinen Penis kann ich mir leider keine Zukunft vorstellen."

„Oh man, du bist aber ganz schön hart", meinte Clara. Und Saidi prustete laut los: „Na, dann ist ja wenigstens eine richtig hart."

Ja, Recht hatte Clara schon, ich war hart, aber ich wusste genau, was ich wollte, und ich wollte das komplette Paket. Keine halben Sachen mehr. Es hätte perfekt sein können, Sebastian war wirklich super. Aber nein, darüber konnte ich einfach nicht hinwegsehen. Oder vielleicht doch? Ja, hätte ich wahrscheinlich, wenn es Will gewesen wäre. Hätte Will so einen winzigen Penis gehabt, dann wäre es mir egal gewesen, diesen Gedanken behielt ich aber für mich. Sebastian hatte sich Mühe gegeben, aber so richtig wollte der Funke nicht überspringen. Er war sexuell anziehend, keine Frage, aber rief nicht dieses Bauchkribbeln in mir hervor, wie es Will getan hatte.

Am nächsten Tag rief ich Sebastian an und fragte ihn, ob wir uns spontan auf einen Kaffee in der Stadt treffen könnten. Es sagte, er habe noch zu tun, könnte es aber gegen späten Nachmittag einrichten. Ich brachte Ben zu Clara und fuhr dann in die Stadt. Ich war die Erste in dem Café, in dem wir uns treffen wollten. Es war komisch. So viele Männer, wie ich in den letzten Wochen abserviert habe, hatte ich glaube ich, mein ganzes vorheriges Leben nicht abgewiesen. Ich wollte dies aber unbedingt persönlich klären, das war ich ihm und mir schuldig. Sebastian kam etwas verspätet, mit einer Rose in der Hand in das Café und mein Magen zog sich augenblicklich zusammen. Er schien definitiv nicht zu wissen, warum ich ihn treffen wollte. Er ging augenscheinlich von einem normalen Date aus und nicht von einem letzten Date. Das schlechte Gewissen und die Angst davor, wie er das, was ich ihm zu sagen hatte, aufnehmen würde, breitete sich in meinem ganzen Körper aus. Meine Hände waren kalt und schweißnass.

„Hallo, hübsche Frau", begrüßte Sebastian mich und gab mir einen Kuss auf die Wange. Ich wich leicht zurück, was ihm aber nicht auffiel. Wir setzten uns hin und bestellten jeder ein Heißgetränk. Am liebsten hätte ich zu meinem Latte Macchiato einen Schnaps bestellt, um mir etwas Mut anzutrinken.

„Hey Sebastian, ich wollte mich nochmal für den wunderschönen Abend bedanken. Ich hatte eine schöne Zeit. Aber ich muss mit dir reden." Bei den letzten Wörtern wurde er hellhörig und setzte sich aufrecht hin. Jeder, der den Satz 'Wir müssen reden' schon mal gehört hat, kann bestätigen, dass das, was danach folgt, nie positiv endete. Und Sebastian schien ihn auch schon mal gehört zu haben, das sagte mir jedenfalls seine Reaktion auf diese Wörter.

„Dann schieß mal los Sunny", sagte er.

„Ach Sebastian, du bist so wundervoll, um nicht zu sagen: perfekt, aber ich habe immer noch jemand anderen in meinem Kopf. Vielleicht sogar in meinem Herzen, es tut mir so leid." Ich sah ihn an, musste mich zwingen ihm in die Augen zu schauen, da mein schlechtes Gewissen schier übermächtig geworden war.

„Ok, ok, damit hätte ich jetzt nicht gerechnet, aber ich bin dir dankbar für deine Ehrlichkeit", sagte er mit leicht zusammengebissenen Zähnen und stand auf. „Ich hoffe, du wirst glücklich und falls nicht, glaub nicht, dass du dann noch mal zu mir kommen kannst. Bye Cassandra." Er stand auf und ging. Er blickte sich nicht um, nur diese eisige Kälte ließ er an seinem Platz zurück. Es tat mir unendlich leid, da ich genau wusste, wie er sich fühlen musste. Das schlechte Gewissen breitete sich immer weiter in mir aus, aber ich wollte ihn einfach nicht als Option behalten. Wie hätte ich auch. Hatte ich doch Will deswegen Vorwürfe gemacht, dass er Frauen nur als Option sah, immer auf der Suche nach einer besseren, schöneren. Einfach oberflächlich und egoistisch, ohne jede Rücksichtnahme auf die Gefühle der Frauen. Auch wenn er mit offenen Karten gespielt hatte, war seine Art wie er mit meinen Gefühlen gespielt hatte nicht in Ordnung. Und so wie er war, wollte ich sicher nicht sein.

Wahre Liebe bedeutet nicht, einen perfekten Partner zu finden, sondern einen unperfekten als perfekt zu sehen

Kapitel 24

Nach dem ganzen Dating Desaster der letzten Wochen hatte ich dringend einen Mädels Abend nötig. Und nach meinen Ausführungen bezüglich meines letzten Dates mit Sebastian konnten Saidi und Clara gar nicht anders, als sich breitschlagen zu lassen. Wir entschieden, nett Essen zu gehen und dann vielleicht noch den einen oder anderen Cocktail zu trinken. Und ganz wichtig - keine Männer!!!

Nach dem Essen gingen wir in eine gemütliche Bar, in der am Wochenende auch immer ein recht guter DJ auflegte, sodass man sogar tanzen konnte, wenn man wollte. Wir hatten schon ein paar Drinks probiert, als ich plötzlich stocksteif an meinem Platz saß. Saidi und Clara sahen mich an und bemerkten sofort, dass etwas nicht stimmte. Sie sahen meinem Blick nach und erkannten, dass ich einen großen Mann, der mit ein paar anderen Männern gerade die Bar betrat, fixiert hatte. Fragend schauten sie einander an und dann mich. Ich verspürte erst ein Stechen in meiner Brust und dann einen dumpfen Schmerz an meinem rechten Bein. Das Stechen wurde durch das Auftauchen des Mannes hervorgerufen, es war Will. Und der dumpfe Schmerz kam von dem Tritt, den mir Saidi verpasst hatte, um mich aus meiner Schockstarre zu reißen.

Ich konnte es nicht glauben. Ich hatte ihn schon seit Wochen nicht mehr gesehen und nun war er hier. Ich wollte gerade wegschauen, da erkannte er mich auch. Er ließ seine Freunde schon zu ihrem Tisch gehen und kam direkt zu mir rüber.

„Guten Abend die Damen, geht es gut?" fragte er mit seiner charmanten Art.

„Hey Will", sagte ich kühl. „Saidi, Clara, das ist Will, Will das sind Saidi und Clara, Freundinnen von mir", stellte ich sie einander vor. Clara und Saidi wäre fast alles aus ihren Gesichtern gefallen. Sie kannten Will nur von meinen Erzählungen und hatten sich ihre Meinung schon längst über ihn gebildet. Und die war nicht gut. Nun war ich diejenige, die wie wild versuchte, die beiden durch Tritte unterm Tisch davon abzuhalten, etwas Blödes zu sagen.

„Wir haben heute einen Mädelsabend, ohne Männer", sagte ich schnell. „Wünsche dir noch einen schönen Abend, mach es gut." Ich hoffte, dass er verstand, dass ich weder mit ihm reden noch ihn sehen wollte. Und er verstand. Er verabschiedete sich und ging zu seinen Freunden, die schon am Tisch saßen und augenscheinlich die erste Runde ohne ihn begonnen hatten. Ich atmete tief ein und wieder aus. Wie gut, dass wir Frauen uns auch ohne Worte verstanden. Saidi war die erste, die etwas sagte und somit die Stille an unserem Tisch beendete.

„Soso, das ist also dein Will. Hatte ich mir anders vorgestellt. Irgendwie besser."

„Erstens ist es nicht mein Will. Und was meinst du mit besser?"

„Naja du bist die letzten Wochen wie ein Teenager mit Liebeskummer herumgelaufen. Wegen ihm? Das kann ich leider nicht nachvollziehen. Gut, er ist groß und sieht ganz ok aus, aber ein Channing Tatum oder Brad Pit ist er nicht, Liebes."

„Ok, ok" meldete sich Clara, „Themawechsel. Geht's denn Sunny? Möchtest du lieber gehen?", fragte sie mit einem besorgten Unterton.

„Nein, das passt schon", warf ich schnell ein, „bestellt schon mal einen Cosmo. Ich gehe mich schnell etwas frisch machen."

Ich stand auf, streckte meinen Rücken bewusst durch, um etwas größer und selbstbewusster zu wirken und ging den Gang entlang zu den Toiletten. Diese befanden sich im Keller und man musste eine enge Wendeltreppe hinuntergehen, was mir nach den Cocktails etwas schwerfiel. Behutsam setze ich einen Fuß nach dem anderen auf, um nicht auf meinen High Heels das Gleichgewicht zu verlieren und die Treppe hinunterzufallen. Es war schummrig und eng.

Ich wollte gerade die Tür zu den Damentoiletten öffnen, da spürte ich eine Hand, die mich von hinten an meiner Schulter berührte. Ich drehte mich ruckartig um und sah direkt in Wills Gesicht. Er stand vor mir, ganz nah. Ich wich intuitiv leicht zurück.

„Was willst du?" fragte ich schroff. „Du hast mich zu Tode erschreckt."

„Tut mir leid, Sunny, das wollte ich nicht. Du warst vorhin nur so kurz angebunden. Ich wollte an sich nur fragen, wie es dir so geht?"

„Wie es mir geht? Und dafür verfolgst du mich bis zu den Toiletten? Sag mal spinnst du? Du hast meine Telefonnummer, du hättest mich jederzeit anrufen können. Und nun, wo du mich siehst, fällt dir plötzlich ein, dass ich existiere? Du bist echt kaputt, Will."

Ich wollte mich umdrehen und gehen, doch er hielt mich davon ab. Seine Hand umfasste meinen Arm und hielt mich fest. „Lass mich sofort los, Will. Oder ich schrei den ganzen Laden zusammen."

„Sunny beruhige dich. Ich möchte mit dir reden. So wie das zwischen uns geendet ist. Das war..." Ich ließ ihn gar nicht ausreden und fiel ihm ins Wort.

„Ja Will, was war das? Es war beschissen. Du wusstest, was ich durchgemacht hatte. Du wusstest, wie es um mein Herz stand. Und es war dir scheißegal. Weißt du, ich habe, obwohl ich wusste wie du drauf bist, dich in mein Herz gelassen. Ich hatte geglaubt was zu sehen, was ich nicht erklären kann. Und nun? Ich kann nicht aufhören an dich zu denken und das, obwohl du mich wie Dreck behandelt hast. Aber ich bin viel mehr wert, ich bin es wert, geliebt zu werden und du kannst das augenscheinlich nicht. Also lass mich nun auch endlich weiterziehen. Lass mich heilen." Die Worte sprudelten aus mir heraus, ungefiltert und unbedacht. Aber direkt aus meinem Herzen. Will sah mich mit einem Blick an, den ich noch nie an ihm gesehen hatte. Es war fast, als hätte er ein schlechtes Gewissen. Er kam näher. So nah, dass ich sein Aftershave riechen konnte. Er war so nah, dass unsere Körper sich berührten. Ich verlagerte mein Gewicht nach hinten, um dieser Situation zu entkommen, bemerkte aber, dass ich hierdurch das Gleichgewicht verlor. Will fing mich auf. Seine Arme umfassten meinen Rücken. Sein Gesicht war dicht an meinem. Und dann küsste er mich. Er hielt mich fest und küsste mich. Zuerst versuchte ich noch ihn wegzuschieben, aber je länger der Kuss dauerte, desto weniger konnte ich gegen mein unerklärliches Verlangen ankämpfen. Ich war nicht in der Lage, mich dagegen zu wehren. Es kann der Alkohol gewesen sein, der meine Sinne vernebelt hatte. Oder aber die pure Sehnsucht nach dem Mann, für den ich tiefe Gefühle hegte. Ich wusste es nicht. Ich wusste nur, dass dieser lange Kuss sich so unwirklich, so gut anfühlte. Und ich wollte mehr davon. Will umfasste mich noch fester. Seine Hände wanderten an meinem Rücken hinunter bis zu meinem Hintern. Er umfasste meine beiden Pobacken und zog mich noch näher an sich heran, sodass ich durch seine Hose hindurch spüren konnte, dass er diesen Kuss auch mehr als genoss. Sein Penis würde mit jeder Sekunde, die wir uns küssten, größer und größer. Eh ich mich versah, hob er mich hoch und trug mich in den Aufenthaltsraum für das Personal. Er verschloss die Tür und setze mich auf einem lila Sofa, das mitten im Raum stand, ab. Ich konnte keinen klaren Gedanken fassen. Ich spürte nur, wie Will mir meinen Lederrock hochschob, sich zu mir hinunter beugte und mit seinen Zähnen meinen Tanga auszog. Ich wollte vieles fragen, entschied mich dagegen und genoss es einfach. Will küsste sanft die Innenseite meiner Schenkel und wie die Male zuvor durchzog mich auch jetzt bei jeder seiner Berührungen ein angenehmer Schauer. Ich schloss meine Augen und gab mich ihm völlig hin. Ich spürte, wie er sich Stück für Stück mit seiner geschickten Zunge meinem Lustzentrum näherte. Erst liebkoste er sanft meine äußeren Schamlippen, dann wurde er mutiger und küsste wilder und wilder. Als könne er gar nicht genug davon bekommen. Er ließ keinen Millimeter aus. Mit jedem Kuss dachte ich, ich müsste explodieren. Mein ganzer Körper vibrierte und mein lustvolles Stöhnen wurde immer lauter, bis ich nicht mehr konnte. Ein leiser Schrei entfuhr meiner Kehle und ich ließ mich aufs Sofa sinken. Will hatte natürlich bemerkt, dass ich gekommen war und beugte sich über mich, ohne dass sich unsere Körper berührten. Er sah mir tief in die Augen und gab mir dann einen Kuss auf die Stirn und lächelte mich an und sagte nur „Ach , Sunny." Noch ganz benommen, von dem eben Geschehenen zog ich ihn dicht an mich ran und küsste ihn.

Ja und er wusste genau, was mein Kuss ihm sagen wollte. Ich ließ meine Hand seine Hose öffnen, um sie dann sogleich darin verschwinden zu lassen. Mit Bestimmtheit umfasste ich seinen Penis. Ich wollte ihn und ließ seine Hose bis zum Boden gleiten. Nun schob ich ihn sanft in Richtung Sofa, sodass er sich hinsetzen konnte. Ich sah ihm tief in seine Augen gab ihm einen langen, innigen Kuss setzte mich auf seinen Schoß. Mit leichten, fürs Auge kaum sichtbaren Bewegungen bewegte ich meine Hüfte. Erst als ich bemerkte, dass seine Hände mir beim Taktfinden helfen wollten, wurden auch meine Bewegungen schneller und intensiver. Ich umarmte ihn fest, als wollte ich ihn für immer in mir behalten. Küsste seinen Hals, seinen Nacken und gab ihm dann noch einen langen Kuss auf den Mund, während er kam. Es war surreal, es war falsch und doch so schön. Wir sprachen kein Wort. Sahen uns noch eine Weile an, dann richtete ich meine Kleidung und ging.

Ich ging mit weichen Knien die Treppe hinauf. Alles um mich herum schien sich zu drehen und meine High Heels machten den Treppenaufstieg auch nicht leichter. Ich ging zu meinem Tisch, sah Saidi und Clara an, und sagte ihnen, dass ich mich nicht gut fühlen würde und nach Hause wollte. Sie könnten ruhig noch bleiben. Ehe sie überhaupt antworten konnten, lief ich aus der Bar und rief mir ein Taxi.

Ich saß noch nicht im Taxi, da rief mich schon Saidi an. Ich legte auf. Ich konnte jetzt nicht reden. Mit niemandem. Ich stellte mein Telefon auf Flugmodus und sagte dem Taxifahrer, wohin er fahren sollte.

Keine Droge dieser Welt gibt mir so viel Endorphine wie du

Kapitel 25

Meine Hände waren kalt und ich war regelrecht durchgefroren. Die vergangene Nacht hatte ich auf meiner Veranda verbracht, trotz der frostigen Temperaturen. In einer Decke und mit Miley an meiner Seite habe ich auf meiner Gartenlounge gelegen. Jeder Atemzug von mir wurde durch die Kälte sichtbar. Aber ich konnte nicht anders. Ich wollte die Kälte spüren. Vielleicht hatte ich auch gehofft, dass mein Herz einfach erfrieren würde und ich endlich frei wäre. Frei von den Schmerzen, frei von Will. Meine Gedanken drehten sich stundenlang im Kreis. Was war mit mir los? Wie ein Drogenjunkie, war ich anscheinend abhängig von diesem Mann. Jeder Entzug von ihm fühlte sich wie ein kleines bisschen sterben an. Und immer, wenn ich es eine Zeit lang geschafft hatte 'clean' zu bleiben, wurde ich durch meine eigene Dummheit wieder rückfällig. Wie oft musste ich denn noch auf die Nase fallen, bis ich es endlich verstand?

Nein, das war nicht richtig. Ich hatte ganz genau verstanden, dass dieser Mann nicht gut für mich war. Auch dass es für uns keine Zukunft oder ein Happy End zu geben schien. Und trotzdem hielt ich mich an jedem Strohhalm fest, den er mir reichte. Als hätte er es im Urin, zu wissen, wann es mir besser ging, um dann wieder in meinem Leben zu erscheinen und es wie ein Hurrikan durcheinander zu wirbeln. Ich war für ihn nichts anderes als ein Spielzeug, das er benutze, wenn er dazu Lust hatte. Und welches er in eine Ecke stellt, wenn es ihn gerade langweilte, oder er etwas Besseres gefunden hat.

Das musste nun endlich aufhören. Ich musste damit aufhören. Ich konnte und wollte nicht mehr. Da hatte ich mich nach Jahren von meinem Mann getrennt, weil ich mich ungeliebt fühlte. Und nun gab es schon wieder einen Mann, der mein Herz brach. So langsam kamen mir Zweifel, ob es an den Männern lag. Vielleicht war auch ich das Problem? Ich hatte mich mein Leben lang immer nur über die Liebe, die ich von anderen Menschen bekam, definiert. Ich habe Liebe im Äußeren gesucht, aber stets nur Schmerz und Enttäuschung gefunden. Ich war so süchtig danach, geliebt zu werden, dass ich vieles ertragen hatte, um liebenswert zu sein und von anderen Menschen anerkannt und gesehen zu werden. So war es bei Tom und so war es jetzt bei Will.

Ich fühlte mich klein und schämte mich für mich selbst und war einfach nur sauer. Stundenlang hatte ich so dagesessen. Erst als die Sonne langsam aufging, entschied ich mich, ins Haus zu gehen. Ich hatte mich genug gegeißelt. Miley kam schwanzwedelnd mit ins Haus, auch glücklich, sich in ihr warmes Körbchen legen zu können.

Ich stellte die Kaffeemaschine an und sah das erste Mal seit Stunden wieder auf mein Telefon. Anrufe in

Abwesenheit von Saidi, Clara und auch Will wurden angezeigt. Ich löschte die Liste und löschte dann auch Wills Nummer aus meinen Kontakten.

Schade, dass man nicht die Gedanken so einfach löschen konnte, das wäre meine Rettung gewesen, oder eine zeitweise Amnesie.

Ich wählte Saidis Nummer, ich konnte es ja eh nicht verhindern. Irgendwann hätte ich es ihnen eh erzählen müssen. Lieber gleich eine ordentliche Standpauke anhören. Wir sprachen kurz und dann meinte sie, dass sie und Clara nach dem Frühstück vorbeikommen werden.

Ich hatte noch etwas Zeit, bis das Tribunal tagen würde. So ließ ich mir heißes Wasser in meine Badewanne ein und nahm ein langes Bad. Vielleicht half es, etwas von meiner Scham und Dummheit wegzuwaschen.

Gegen elf Uhr hörte ich auch schon, wie Frauenstimmen sich vor meiner Haustür unterhielten, während zeitgleich geklingelt wurde. Ich öffnete ihnen in meinem Jogger die Tür und ließ sie eintreten. Ich gab jeder eine Tasse Kaffee und wir machten es uns in meinem Wohnzimmer gemütlich.

„Sag mal was war denn gestern mit dir los? Hattest du das Essen nicht vertragen? Oder war der letzte Drink nicht gut?", fragte Clara.

Ich sah betreten zu Boden, ich wollte es ihnen wirklich nicht erzählen.

„Komm nun sag schon, aber ich denke fest, dass es nichts mit dem Essen zu tun hatte", bemerkte Saidi.

„Es stimmt, mein plötzlicher Aufbruch hat weder an den Drinks noch an dem Essen gelegen. Ich habe mit Will geschlafen."

Ich sah vom Boden auf und blickte in betretene Gesichter. Clara und Saidi saßen mit offenem Mund auf meinem Sofa. So sprachlos habe ich sie selten bis nie gesehen.

„Ja kommt schon, sagt doch was ihr denkt."

„Ähhm bitte entschuldige, dass wir diese Nachricht erst einmal verdauen müssen. Wie ist das denn bitte passiert? Und warum?", fragte sie mit einem Blick, der mir zu verstehen gab, dass sie mit dieser Nachricht nicht gerechnet hatte und sie auch nicht einordnen konnte.

„Ich weiß es doch auch nicht, auf einmal stand er hinter mir bei den Toiletten und wollte reden oder so und eh ich mich versah, lagen wir im Personalraum und hatten wilden, animalischen Sex."

„Und was hat er gesagt? Vermisst er dich, will er mit dir zusammen sein. Sunny was hat er gesagt?", fragte Clara.

„Nichts, er hat gar nichts gesagt. Er hat sich wie immer nur genommen, was er wollte. Und ich ließ mich wieder darauf ein."

„Ach Süße", sagten Saidi und Clara wie aus einem Mund und nahmen mich ihn ihre Arme. Es war gut, zwei Freundinnen wie sie zu haben. Sie wussten genau, wann man einfach mal nichts sagen muss. Und mein schlechtes Gewissen und Reue standen mir sowieso schon auf der Stirn geschrieben. Da hatten sie anscheinend beschlossen, nicht noch zusätzlich Salz in meine Wunde zu streuen. Es fühlte sich so gut an, die beiden zu haben.

„Und, was machst du jetzt?", fragte Clara leise. „Nichts, gar nichts. Ich werde jetzt endlich erwachsen, sehe den Tatsachen ins Auge. Es war zu schön, um wahr zu sein. Jemanden zu treffen, dem man sich so verbunden fühlt, kommt wahrscheinlich nicht oft vor. Aber ich hatte wenigstens einmal im Leben das Glück, dieses Gefühl von tiefer, unbeschreiblicher Verbundenheit zu erleben. Und dafür bin ich dankbar, auch wenn es nicht erwidert wurde."

„Okay, das hört sich ja schon mal vernünftig an, wenngleich auch etwas melancholisch. Wenn du Hilfe brauchst beim Erwachsenwerden, weißt du ja, wir sind für dich da", sagte Clara mit einem Lächeln im Gesicht und nahm mich noch einmal ganz fest in die Arme. Wir saßen noch eine ganze Weile beisammen und tranken Kaffee. Währenddessen kam Saidi die Idee, dass ich einen Tapetenwechsel brauchte. Saidi meinte, sie habe da eine super Idee, ich sollte mich einfach mal überraschen lassen. Das Einzige was ich tun musste, war zu sagen, wann Tom das nächste Mal Ben hat und alles andere würde sie regeln.

Da ich für alles offen war, was das Vergessen beschleunigen würde, sagte ich zu und war gespannt, was Saidi vorhatte.

Du verlierst dich selbst, wenn du versuchst an jemandem festzuhalten, dem es egal ist, dich zu verlieren

Kapitel 26

Es war Freitagmorgen und es war sehr früh. Ben hatte schon die Nacht zuvor bei Tom geschlafen, denn Saidi und Clara wollten mich um fünf Uhr zu unserem Ausflug abholen. Pünktlich stand ich kurz vor fünf mit einer gepackten Reisetasche vor meinem Haus und wartete auf die beiden. Man konnte ihre Ankunft schon zwei Blöcke entfernt erahnen, da die Musik laut durchs Auto dröhnte und die ganze Nachbarschaft beschallte. Mit quietschenden Reifen hielt Saidis Geländewagen vor meinen Füssen. 'Punktlandung' hätte man hierzu auch sagen können.

„Hey Süße, bist du bereit für ein Frauenwochenende ohne Drama?", fragte Saidi.

„Ohne Drama hört sich gut an, noch besser wäre es natürlich noch, ich wüsste, wohin ihr beiden mich entführt, aber ich bin voller Vorfreude und gespannt." Die Autofahrt war lang, aber da wir noch die eine oder andere Neuigkeit besprechen mussten, vergingen die Stunden wie im Flug. Irgendwann verließ Saidi die Straße und bog in einen Waldweg ein. Er war sehr schmal und teilweise hingen die Äste so tief, dass sie das Auto streiften. Saidi bemerkte dann jedes Mal, dass Richard, ihr Ehemann, sie umbringen werde, wenn das Auto beschädigt würde. Umso vorsichtiger nahm die dann jedes von den gefühlt tausend Schlaglöchern mit. Ich war mir zwischendurch nicht sicher, ob sie genau wusste, wohin sie musste. Ich wollte gerade anmerken, dass ich keine Lust auf Camping im Wald hatte, da erschien wie durch Zauberhand ein Schild:

>>Wellness Resort and Spa Holly Lake<<

Saidi fuhr einen weißen Kiesweg entlang und parkte auf einem freien Platz direkt vor dem Hauptgebäude.

Wir stiegen aus und gingen mit unserem Gepäck ins Haupthaus, um uns anzumelden. Im offenen Kamin brannte schon ein Feuer und der Raum verströmte gleich eine Atmosphäre von Entspannung. Wir checkten ein und wurden zu unserem Zimmer gebracht. Wie in alten Studienzeiten verbrachten wir das Wochenende in einem Dreibettzimmer. Nur dass dieses Zimmer, was Luxus anbelangte, keine Wünsche offenließ. Es gab drei große Einzelbetten, eine Badewanne mit Whirlpool-Funktion, und es war alles in allem sehr geschmackvoll eingerichtet. Von unserem Zimmer aus konnte man durch eine Tür auf unsere eigene Veranda gehen. Der Ausblick, der sich mir bot, raubte mir kurz den Atem. Wir konnten direkt auf einen großen See schauen, der von weißem Nebel umgeben war. Im Hintergrund sah man langsam die Sonne, die sich den Weg durch die Bäume bahnte und alles in ein wunderschönes, rotes Licht tauchte. Es war himmlisch. Ich atmete tief ein und aus und merkte, wie etwas Anspannung der letzten Wochen von mir abfiel.

Die zurückliegenden Wochen nach meinem letzten Zusammentreffen mit Will, ging es mir schlecht. Die ganze Freude, die ich mir so hart erarbeitet hatte, war wie weggeblasen. Das letzte Treffen mit Will verfolgte mich Tag und Nacht. Zudem hatte ich in der vergangenen Woche dann auch noch mit meinem Mann einen Gerichtstermin, um unsere finanziellen Angelegenheiten zu regeln.

Ich beschloss, auch wenn es erst kurz vor Mittag war, den Champagner zu öffnen, der uns von der Rezeption in unser Zimmer gestellt wurde. Auf einem Tisch waren Gläser, Blumen, ein paar Pralinen und das Programm für das kommende Wochenende hergerichtet. Ich überflog das Programm und bei den Spezialpunkten musste ich doch tatsächlich zweimal lesen. Neben dem normalen Angebot von Sauna, Massage, Fango, Gesichtskuren etc. Gab es als Specialprogramm: Tantra Massage für Männer (so machen sie ihn verrückt), Selbstbefriedigung mal anders, Lerne deine Lustgrotte kennen und noch den einen oder anderen Punkt, unter dem ich mir gar nicht vorstellen konnte.

Ich rief Saidi und Clara zu mir und gab ihnen das Programm. Saidi schien zu wissen, worauf ich hinauswollte. Clara las das Programm und prustete laut los.

„Na Saidi, war ja klar, dass das hier kein normales Wellness Hotel sein konnte", sagte Clara.

„Ach normal kann jeder und vielleicht lernen wir ja noch wirklich etwas. Zwei Punkte habe ich für uns gebucht und die ziehen wir hier auch durch."

„Das ist doch nicht dein Ernst, Saidi. Ich wollte doch nur ein entspanntes Wochenende mit euch verbringen und nicht irgendwelche Sexworkshops machen."

„Ach komm, Sunny. Vielleicht wird das lustig. Ich denke, unsere Männer würden sich freuen, wenn wir mal etwas von unserem 0815-Programm abweichen und etwas Neues ausprobieren. Und du kannst dir das schon für deine nächsten Dates abschauen. Es kann nicht schaden. Sei keine Spielverderberin."

„Okay, ich sag ja gar nichts mehr, ihr habt mich und meine Geschichten das ganze Jahr ertragen, dann werde ich auch diese Workshops für euch ertragen", entgegnete ich mit einem leichten Schmunzeln.

Nachdem wir uns frisch gemacht hatten, wollten wir etwas um den See wandern und danach die wundervolle Sauna- und Wellnesslandschaft erkunden. Es war traumhaftes Wetter. Allerdings bereits sehr kalt. Der November hatte den ersten Frost mitgebracht, der die Gräser und Bäume wie mit Zuckerguss überzogen hatte. Wir gingen Arm in Arm, lachten und stellten uns vor, wie wir in vierzig Jahren genauso spazieren gehen würden, wenn wir alt und grau sind. Alle drei zusammen, denn dass das mit uns kein Ende finden würde, war uns klar. Nach dem

Spaziergang warteten schon weiche Bademäntel auf unsere Astralkörper, die sich erst einmal in der Sauna aufwärmen mussten. Da wir noch etwas Zeit bis zum Abendessen hatten, buchten wir spontan noch eine Gesichtsbehandlung, die unserer fahlen Winterhaut einen gewissen 'Glow' verleihen sollte. Tief entspannt begaben wir uns dann zum Essen. Es war alles äußerst delikat und jeder beschloss, für dieses Wochenende seine Diäten ruhen zu lassen und richtig zu schlemmen. Wir saßen noch lange nach dem Essen im Restaurant und ließen uns von dem netten und durchaus attraktiven Kellner jeden Gin bringen, den das Hotel vorrätig hatte. Wir hatten es nicht weit bis zu unserem Zimmer. Und so fielen wir spät nachts mit einem Glimmer total k.o. in unsere Betten.

„Oh warum, warum?", ertönte es aus Claras Bett, die noch ihre Bettdecke über ihren Kopf gezogen hatte. „Ich bleibe heute im Bett liegen, ich stehe nicht auf, ich kann einfach nicht", stöhnte sie.

„Nonsens", sagte Saidi, die aus ihrem Bett sprang, so als hätte sie am vorigen Abend nichts getrunken. „Wir gehen jetzt frühstücken und dann haben wir auch schon unseren ersten Kurs."

„Sag mal, warum bist du eigentlich so fit heute, wir haben doch alle das Gleiche getrunken und ich fühle mich auch eher wie Clara, nämlich als hätte mich ein LKW überfahren", bemerkte ich.

„Ich hatte mir vor dem zu Bett gehen noch zwei Kopfschmerztabletten und eine Vitamin C reingeworfen, das hilft immer vorbeugend gegen einen Kater."

„Na, großartig hättest du uns nicht auch versorgen können? Du bist eine tolle Freundin", jaulte ich von Kopfschmerzen geplagt. „Was steht denn heute eigentlich an?", fragte ich dann doch etwas neugierig.

„Wir gehen zu einem Tantra-Workshop", sagte Saidi und konnte ein schelmisches Lächeln nicht verbergen. Nach dem Frühstück war es dann so weit. In einem großen, warmen Raum waren auf dem Boden schon Gymnastikmatten verteilt worden. Insgesamt zwölf Matten in einem Kreis liegend und eine direkt in der Mitte. Der Raum füllte sich und mit uns kamen noch drei weitere Frauen und sechs Männer peu à peu hinzu. Jeder Teilnehmer nahm auf einer Matte Platz. Eine etwas ältere Frau, ich habe sie so auf Anfang sechzig geschätzt, betrat den Raum, begrüßte uns und bat, es uns bequem zu machen. Wir begannen mit einer kurzen Meditation und dann wurde das männliche Geschlechtsteil erklärt. Hierfür hatte Hanna, so hieß die Dame, einen großen Dildo dabei.

„Wenn dies ein Replikat von einem echten Penis ist, dann wäre mir der zu groß", bemerkte ich.

„Du weißt auch nicht, was du willst", sagte Clara, „die Cocktailwurst ist dir zu klein und dieser Monsterpenis ist dir zu groß. Kannst du dich vielleicht mal entscheiden? " Sie grinste mich schelmisch an. Eine Seitentür öffnete sich und ein Mann, ungefähr in Hannas Alter, betrat, nur mit einem Bademantel bekleidet, den Raum. Hanna stellte ihn uns als George vor. Er sei ihr Ehemann und würde sie bei diesem Workshop unterstützen. Clara, Saidi und ich sahen uns fragend an, doch unsere Fragen wurden just in dem Moment beantwortet, als sich George entblößte und sich nackt auf die Gymnastikmatte legte. Es war wie bei einem Autounfall: man wollte nicht hinschauen, weggucken konnte man aber auch nicht. George, dessen Alter man ihm durchaus an der fehlenden Elastizität seiner Haut ansah, schien etwas zu frieren, da mir schon wieder ein Cocktailwürstchen entgegenblickte.

Dann begann Hanna mit den verschiedensten Handgriffen, die bei einer Tantramassage angewendet werden, Georges Glied zu massieren. Während Hanna erklärte, wann man welchen 'Griff' am besten anwendete, sah man George seine stetig steigende Erregung an. Dann wandte sich Hanna wieder der Gruppe zu und meinte, dass Erotik nicht bei der Berührung der Genitalien anfängt, sondern der ganze Körper eine einzige erogene Zone sei und auch wir uns auf Erkundungstour begeben sollten. Sie bat uns, jeweils einen Partner zu suchen und uns auf einer Matte gegenüberzusetzen.

„Bitte zieht euch bis auf die Unterwäsche aus und schaut euch gegenseitig zunächst einmal ganz genau an", bat sie uns. Dann sollten wir mit einer Feder den Körper des Partners zärtlich streicheln und herausfinden, wo genau besonders erogene Zonen waren. Mir war das alles etwas zu viel und auch Saidi, die ansonsten immer recht vorlaut war, war auf einmal ganz still. Die Einzige, die voll in ihrem Element zu sein schien, war Clara. Das könnte auch an der Wahl ihres Partners gelegen haben. Da sie sich den einzigen Mann mit breiten Schultern und einem roten Bart geschnappt hatte. Er hätte als Wikinger durchgehen können. Dies war nämlich insgeheim Claras heimliches Beuteschema. Mein Partner sah auch attraktiv aus, war aber leider homosexuell, was jegliches erotische Interesse zunichte gemacht hatte. Aber ich musste schon zugeben: für diese Stunde hatte ich mein ganzes Männerdesaster auf jeden Fall sehr gut vergessen können.

Nach dieser, nennen wir es mal 'höchst interessanten' Erfahrung, hatten wir noch einen Spinning-Kurs und eine Thai Massage. So verging auch dieser Tag wie im Flug. Clara und Saidi wollten noch ein paar Runden im Pool drehen. Ich hatte für diesen Tag aber schon genug Sport gemacht. So ging ich, das Hotel etwas zu erkunden. Es war in verschiedenste Bereiche aufgeteilt. Es gab Kosmetik, Massage, Fitness und Yoga/Meditation. Das interessierte mich. Ich folgte der Beschilderung und gelangte zu einem wunderschönen

Meditationsraum. An der Wand war in goldener Farbe die Blume des Lebens gemalt worden. Ein leichter Geruch von Weihrauch, Salbei und Myrrhe schien in der Luft zu liegen. Überall waren bunte Meditationskissen platziert und ein riesiger Buddha überblickte den Raum.

Ich hatte schon ein paar Tage nicht mehr richtig meditiert und so beschloss ich, mir etwas Zeit nur für mich zu gönnen. Ich zündete eine Kerze auf dem Altar an und setzte mich auf ein rotes Meditationskissen, direkt vor dem Buddha.

Ich hatte viel im vergangenen Jahr über Meditation gelernt. Ich konzentrierte mich auf meine Atmung und meinen Herzschlag. Er war stetig und schlug gewissenhaft wie ein Pendel. Mit jeder Ein- und Ausatmung fand ich mehr und mehr zu mir selbst. Eine Wärme, die von meinem Herzen ausstrahlte, durchflutete meinen Körper und hinterließ in jeder Faser ein warmes, entspanntes Gefühl. Tief in meiner Meditation versunken bemerkte ich nicht, dass der Raum von jemandem betreten wurde. Völlig in meiner Welt versunken vernahm ich irgendwann eine angenehme Männerstimme. Ich öffnete meine Augen und vor mir stand Jesus. Der Mann sah auf jedenfalls genauso aus.

„Hallo, ich bin Paul, der Meditations- und Yogalehrer", stellte er sich vor.

Paul war großgewachsen und hatte schulterlanges, welliges braunes Haar. Er trug einen Anzug aus Musseline und um seinen Hals verschiedene Ketten mit Edelsteinen. Er sah attraktiv aus, etwas hippiemäßig, aber mit einem Lächeln, das tief aus seinem Herzen zu kommen schien.

„Oh, hallo Paul. Ich bin Cassandra, naja oder Sunny. Ich brauchte etwas Ruhe und habe diesen Raum entdeckt. Ich hoffe es war in Ordnung, dass ich hier meditiert habe."

„Hallo, Sunny schön dich kennen zu lernen. Ja, überhaupt kein Problem. Der nächste Kurs findet erst in zwei Stunden statt. So lange kannst du gern hier bleiben."

„Das ist sehr nett", gab ich zurück. Paul drehte sich um und ging zu Tür. Er blieb stehen und wandte sich mir noch mal zu.

„Du bist auf dem richtigen Weg, Sunny. Du darfst nur nicht aufgeben."

Verdattert sah ich ihn an, wusste nicht so recht, was er mir damit sagen wollte und so fragte ich ihn direkt. „Was meinst du bitte?" Er kam zurück zu mir und setzte sich mir im Schneidersitz gegenüber.

„Man sieht dir den Schmerz an, aber der Schmerz wird dich stärker machen. Du wirst daraus lernen, glaube mir."

„Woher willst du das wissen? Du kennst mich doch gar nicht", entgegnete ich ihm mit einem irritierten Unterton. Er nahm seine rechte Hand und legte sie mir auf die Brust. Erst wollte ich ihm direkt eine Ohrfeige verpassen. Doch ich bemerkte, dass es kein sexueller Annäherungsversuch war, vielmehr schien er mein Herz spüren zu wollen. Er schloss seine Augen und atmete tief ein und aus. Ohne zu wissen wieso, tat ich es ihm gleich. Mit jedem seiner Atemzüge fühlte sich mein Herz leichter und leichter an. Als würde er jeglichen Kummer, war er auch noch so tief in meinem Herzen vergraben, hinausziehen und durch Liebe ersetzen. Wie lange wir genauso dagesessen haben, konnte ich nicht sagen. Ich wusste nur, dass ich am liebsten immer so dagesessen wäre. Irgendwann nahm er seine Hand weg und wir öffneten unsere Augen. Seine stahlblauen Augen schienen direkt in meine Seele zu blicken und ich fühlte mich verstanden. Er gab mir einen Kuss und stand auf.

„Sunny, du bist noch nicht am Ziel, aber dein Weg ist der richtige. Lass dir nicht einreden, du wärst nicht gut genug. Du musst nur selbst an dich und deine Wünsche und Ziele glauben."

„Ja aber…", stotterte ich nur, da die ganze Situation so unwirklich war.

„Finde das, wofür du brennst, lebe dein Leben, du bist ein guter Mensch mit einem großen Herzen, das es wert ist, gezeigt zu werden. Vertraue darauf."

Paul verabschiedete sich und verließ den Raum. Ich saß noch eine Weile still da und dachte über seine Worte nach. Seine Worte, die von Clara und Saidi und auch die meiner Großmutter. Alle sagten das Gleiche. Ich wollte darauf hören, wollte selbst daran glauben. Und nun war für mich die Zeit gekommen, es durchzuziehen. Mit neuem Mut und Elan verließ ich den Raum und begab mich auf unser Zimmer. Saidi und Clara hatten mir eine Nachricht hinterlassen, dass sie mich im Restaurant gegen 19.00 Uhr erwarteten. Ich hatte somit noch genügend Zeit, mich fertig zu machen. Ich zog mir diesmal etwas ganz Besonderes an, da ich mich ganz besonders fühlte. Ich fühlte mich stark, attraktiv und selbstbewusst.

Das gesamte Leben auf das falsche zu warten, ist genauso schlimm, wie gar nicht warten zu können. *

Kapitel 27

Unser Wochenende neigte sich dem Ende zu. Ich hatte Clara und Saidi nichts von meiner sehr interessanten Begegnung mit Paul erzählt. Warum, kann ich im Nachhinein gar nicht sagen. Ich wollte es einfach für mich behalten - mit diesem wunderschönen Gefühl von Wärme in meinem Herzen. Am Abend haben wir, was die Kulinarik anbelangte, noch einmal alles ausgeschöpft und die gesamte Dessertkarte bestellt. Wir unterhielten uns hervorragend, lachten ausgiebig und sinnierten über Gott und die Welt. Es war ein schönes Wochenende, und uns wurde bewusst, dass das Jahr tatsächlich mit rasenden Schritten Richtung Weihnachten lief.

Dass dieses Jahr, mein Jahr, langweilig gewesen war, hätte wirklich niemand behaupten können, bemerkten Saidi und Clara und zählten noch einmal kurz die interessantesten Punkte auf. Ich hatte in den vergangenen Monaten so viel erlebt und gelernt, es war schier unglaublich.

„Und?", fragte Saidi.

„Was, und?" Natürlich wusste ich, worauf meine liebe Freundin hinaus wollte. Ich hatte insgeheim schon das ganze Wochenende darauf gewartet.

„Na bist du nun endlich über diesen Kerl hinweg?",
fragte Saidi direkt und sah mir dabei, so schien es,
direkt in mein Herz.

„Welchen Kerl meinst du denn bitte?"

„Na, dass du über Tom hinweg bist, das ist Saidi und
mir schon lange klar, wir meinen wohl eher deinen
Will."

„Meinen Will", ich musste lachen. „Ganz ehrlich, nein
ich bin nicht über ihn hinweg. Ich denke an ihn, wenn
ich aufstehe. Ich denke an ihn, wenn ich schlafen gehe.
Frage mich oft, was er macht und ob er auch mal an
mich denkt." Ich sah Saidi und Clara an und noch bevor
sie auf das von mir gesagte antworten konnten, fuhr
ich fort.

„Es ist weder rational noch logisch erklärbar. Es ist
genau genommen dämlich, besonders für eine Frau in
meinem Alter und tut verdammt nochmal höllisch
weh. Ich verstehe nicht, warum mein Herz nicht
glauben will, was mein Kopf schon längst weiß. Aber
irgendwann, ja irgendwann wird es leichter.
Irgendwann wird auch Will nur noch eine verblasste
Erinnerung in meiner Seele sein, eine weitere Narbe in
meinem Herzen. Aber bis dahin werde ich wohl mit
dem Schmerz in meinem Herzen leben müssen." Ich
nahm einen Schluck von meinem Drink und spülte
sogleich den Kloß in meinem Hals wieder runter und
zwang mich, ein kleines Lächeln auf meine Lippen zu

legen. Saidi und Clara sahen mich schweigend an. Es schien so, als ob sie nicht wüssten, was genau sie hierauf entgegnen sollten. Die Stille, die plötzlich an unserem Tisch herrschte war komisch. Nach einer gefühlten Ewigkeit räusperte sich Saidi und sagte: „Weißt du Sunny, ich kann Dich verstehen. Jede von uns hatte schon mal Liebeskummer, jeder hier wurde schon mal das Herz gebrochen. Aber schau Dich an. Du scheinst aus diesen paar Wochen mit Will so viel gelernt zu haben. Auch wenn du es jetzt noch nicht sehen magst, aber es scheint alles einen Grund gehabt zu haben. Jetzt weißt du wenigstens, woran du bist. Und ich glaube auch, dass du langsam weißt, wer du bist. "

Saidi rückte näher an mich heran, da sie bemerkt hatte, wie sich meine Augen mit Tränen gefüllt hatten. Sie nahm mich in den Arm und drückte mir einen riesigen Kuss auf die Wange. Clara, die während Saidis Ansprache still neben mir gesessen hatte, rief plötzlich laut „Gruppenkuscheln!", umarmte uns beide und knutschte abwechselnd die eine und die andere ab. Die Traurigkeit meiner Beichte wurde hierdurch Stück für Stück vertrieben und wir genossen unseren letzten Abend noch bis in die frühen Morgenstunden.

Am nächsten Morgen saßen wir drei wieder im Auto und machten uns auf in Richtung Alltag. Die Weihnachtswochen lagen vor uns und jede erzählte, was sie alles geplant hatte und noch alles vorbereiten müsse. Saidi setzte mich zu Hause ab und wir drei hielten fest, dass so ein Trip von nun an jedes Jahr mindestens einmal gemacht werden müsse. Ja, dieser kurze Urlaub war wie Balsam für meine Seele. Ich schien nun endlich vieles klarer zu sehen und war bereit, nach vorne zu schauen.

Da wir gut durch den Verkehr gekommen waren und ich früher als erwartet zu Hause ankam, hatte ich noch Zeit, bis Ben von Tom gebracht werden würde. Ich holte Miley von meinen Eltern ab, die das Wochenende auf sie aufgepasst hatten. Sie freute sich überschwänglich und beschloss, mich erst einmal eine ganze Weile nicht aus den Augen zu lassen. Ich kochte mir einen Kaffee, zündete ein paar Kerzen an und setzte mich an meinen Küchentresen. Ich sah mich um, atmete tief ein und aus und empfand eine große Dankbarkeit und inneren Frieden. Wie oft hatte ich hier gesessen. Mit Tränen in den Augen und Trauer im Herzen, desillusioniert, was Liebe und Vertrauen anbelangte. Ich nahm einen Stift und das gute Briefpapier, welches ansonsten nur für besondere Anlässe genutzt wurde, schloss meine Augen und ging noch mal einen Moment in mich. Dann schrieb und schrieb ich. Es war ein Brief an… MICH! Erst als ich fertig war, legte ich meinen Stift zur Seite und las mir das Geschriebene nochmal durch.

Liebe Sunny,

ich bin sehr stolz auf Dich. In dem vergangenen Jahr hast du viel über Dich gelernt. Du bist über Dich hinausgewachsen. Du hast deine Ängste besiegt und bist für Dich in die Welt gegangen. Du hast Dinge ausprobiert, warst offen für neues und hast Dich von Personen und Dingen befreit, die Dir nicht guttun. Du bist eine wunderschöne, intelligente Frau mit einem großen Herzen - vergiss das nie! Stehe weiter für Dich, Deine Interessen und Träume ein und lass Dich nie wieder durch nichts und niemanden kleinreden. Sei kreativ, lebenslustig und aufgeschlossen. Lebe das Leben jeden Tag so, als gäbe es kein Morgen. Gib Dich nicht mit weniger zufrieden, sondern denke groß. Du bist noch nicht am Ziel, aber das weißt Du ja. Arbeite weiter an Dir, um die beste Version Deiner selbst zu werden. Werde jemand, mit dem Du jeden Tag gerne verbringen möchtest. Suche nach der Liebe in Dir und nicht in dem Außen. Versuche, Deinen Wert nicht durch Menschen oder Dinge zu bestimmen. Glaube an Dich.

Du bist Liebe. Du bist Glück. Du bist Zufriedenheit. Du bist Freude. Du bist attraktiv. Du bist intelligent. Du bist die Schöpferin Deiner Realität. Du bist alles und noch viel mehr...

Du wirst geliebt...
Dein Herz

Ja so war es. Es waren Worte, die ich selbst geschrieben hatte, aber sie kamen aus meinem Herzen. Tief vergraben lagen diese Worte, mit den Jahren überdeckt mit Selbstzweifeln, Wut, Trauer, Scham und noch viel mehr negativen Glaubenssätzen, in mir verborgen. Stück für Stück hatte ich sie erst befreit und fing langsam an, daran zu glauben. Und mit jedem Tag wurde der Glaube an mich größer.

Und diese Erkenntnis hätte ich durch das vergangene Jahr nicht gewonnen. Erst die Trennung von Tom, das Hin und Her mit Will, das Alleinsein-können-und -müssen und noch vieles mehr, was mir gezeigt hatte, wer ich war. Wer ich sein wollte. Es war schmerzhaft, keine Frage, aber der Schmerz war mein bester Lehrmeister, und die Zufriedenheit und die Dankbarkeit der beste Lohn.

Ich faltete den Brief zusammen und legte ihn vorsichtig in einen kleinen, roten Karton. Dann schrieb ich noch zwölf Wünsche auf und legte sie auch hinein. Ich hatte mir für das neue Jahr vorgenommen, an mich und meine Bedürfnisse zu denken. Und der erste Wunsch war: *Glücklich sein*.
Es waren keine materiellen Wünsche. Vielmehr waren es Sachen, an denen ich noch arbeiten wollte. Oder Dinge die ich erleben wollte.

Ich saß noch eine Weile an meiner Küchentheke, als Tom klingelte, um Ben zu bringen. Ich beschloss, es bei einem kurzen, oberflächlichen Gespräch zu belassen.

Der Anstand hätte jetzt verlangt, dass ich ihn hineinbat. Aber ich hatte keine Lust und wollte meine gute Stimmung nicht durch irgendeinen Mann verderben lassen. So hielt ich bewusst die Tür nur einen Spalt auf, damit Ben ins Haus huschen konnte.

Ben und ich machten uns an diesem Abend noch Popcorn und sahen einen Film, und schliefen dann beide vor dem Fernseher ein.

* Die größten Fehler entstehen, wenn man zu viel denkt, wo man fühlen sollte und zu viel fühlt, wo man denken sollte*

Kapitel 28

Die Tage wurden immer kälter und auch kürzer. Ab und an schüttelte Frau Holle ihre Betten ordentlich, sodass die Straßen manchmal über und über mit Schnee bedeckt waren. Ben und Mo hatten an solchen Tagen immer sehr viel Spaß und es war eine Freude zu sehen, wie unbeschwert Ben doch zu sein schien. Im vergangenen Jahr hatte ich mir oft Sorgen um Ben gemacht. Was denkt er? Wie geht es ihm mit der Trennung? Aber alles in allem schien es ihm wirklich gut zu gehen. Er war fröhlich, lachte viel und genoss sein kindliches Leben mit seinen Freunden in vollen Zügen.

Nichtsdestotrotz gab ich mir für diese Weihnachtszeit besonders viel Mühe. Unser Haus durchzog ein weihnachtlicher Duft. Überall sah man Tannenzweige, die mit Lichterketten und Weihnachtskugeln dekoriert waren, vor der Haustür stand eine in goldenem Licht beleuchtete Engelschar in Lebensgröße und Rudolph begrüßte die Leute schon von weitem. Es war so gemütlich, so wunderschön. Wir hatten die vergangenen Tage Kekse gebacken und Fensterbilder gebastelt und jedes Mal, wenn ich nun durch unser Haus ging, kam mir dieser eine Gedanke, dass die Menschen ein Zuhause machen und nicht der Ort.

In den letzten Wochen hatte ich noch einmal richtig aufgeräumt, nicht nur materiell, sondern auch emotional. Ich trennte mich von Menschen, die nicht für mich da waren oder mich mit ihrer schlechten Laune und ihrem destruktiven Denken runterzogen. Ich habe aufgeräumt. Ich hatte auch beschlossen, erst einmal mit mir klarzukommen und das mit dem Dating sein zu lassen. Vorerst... Ich löschte jede Dating-App und fühlte mich mit jeder noch so kleinen Handlung immer besser. Ich blühte immer mehr auf. Von Will hatte ich nichts mehr gehört und von Tag zu Tag verblassten auch die Erinnerungen an ihn immer mehr.

Die Feiertage kamen immer näher und mit jedem Tag zog sich mein Magen mehr und mehr zusammen. Das Fest, was für mich immer sehr bedeutsam war, auf das ich mich insgeheim schon das ganze Jahr wie ein kleines Mädchen gefreut hatte, hätte ich in diesem Jahr am liebsten übersprungen. Zu viele Erinnerungen waren mit den Weihnachtsfeiertagen verbunden. Also versuchte ich, das Beste daraus zu machen und nicht in Melancholie zu ertrinken. Ben und ich verbrachten diese Tage mit meinen Eltern, die sich freuten, uns über die Feiertage sehen zu können. Es war wider Erwarten wunderschön. Es war besinnlich und familiär und es war ehrlich. Keine gespielte Fröhlichkeit, kein *so tun als ob* alles gut wäre. Wir haben gelacht und auch geweint und waren einfach nur dankbar für unseren Zusammenhalt. In mir wuchs stetig das Gefühl von Dankbarkeit.

Ich war dankbar für jeden Sonnenaufgang, den ich jeden Morgen erleben durfte, genauso wie ich dankbar für meine Freunde und Familie war. Dieses aktive Praktizieren von Dankbarkeit veränderte alles in meinem Leben. Selbst den grauen, anstrengenden Tagen konnte ich nun immer etwas positives abgewinnen.

* Glück bedeutet nicht, alles zu bekommen was man will, sondern Freunde zu haben, die man braucht*

Kapitel 29

Es war unglaublich. Das Jahr ging wirklich zu Ende und ich hatte es überlebt. Am Anfang dachte ich, ich würde es nie schaffen. Alleinerziehend, frisch getrennt und einfach nur traurig, mit einem gebrochenen Herzen. Und jetzt, jetzt stand ich hier. Es war Silvester und kurz vor Mitternacht. Um mich herum geschäftiges Treiben. Jeder versuchte, den besten Platz für das Feuerwerk zu ergattern. Alle meine Freunde, Saidi, Clara und noch viele mehr, waren hier. Sind meiner Einladung zu meiner 'Survivor-Silvesterparty' gefolgt. Ich war stolz auf mich. Die Cassandra, die es Anfang des Jahres noch gab, gab es nun nicht mehr. Viele meiner Freunde sagten, ich hätte eine Hundertachtzig-Grad-Wandlung vollzogen. Und ja, es stimmte. Ich habe mich verändert und ich war glücklich damit. Ich bin nun selbstbewusst, stehe für mich und meine Bedürfnisse ein. Ich habe mein Herz geflickt und den Weg zu mir gefunden. Es war schmerzhaft für mich und manchmal auch für meine Mitmenschen. Aber es war richtig und wichtig.

Dies alles hätte ich aber nicht ohne meine Freunde geschafft. Ich bin so unendlich dankbar. Dankbar für Clara, die mir den Weg in die Spiritualität zeigte und immer mit Verständnis reagierte. Dankbar für Saidi, die immer gesagt hat, was sie dachte und mir mehr als einmal den Kopf zurechtgerückt hat. Ihre Ehrlichkeit war, was ich manchmal bitter nötig hatte. Ja ich war dankbar, aus tiefstem Herzen und es war ein schönes Gefühl, diese Dankbarkeit. Ich schaute mich um, wie sich alle angeregt unterhielten und augenscheinlich sehr viel Spaß hatten. Ich hatte von meinem letzten Projekt das gesamte Geld beiseitegelegt, um diese Party veranstalten zu können. Ich wollte einfach 'Danke' sagen. Und mit all diesen Herzensmenschen das alte Jahr abschließen und in ein noch besseres Jahr starten. Es gab großartiges Essen, eine Cocktailbar, Livemusik und für Mitternacht war sogar ein professionelles Feuerwerk geplant. Ich stand glücklich inmitten von all meinen Freunden. Da bekam ich auch schon von Clara ein Sektglas in die Hand gedrückt. 'Zum Anstoßen um Mitternacht', hat sie nur gemeint und verteilte an alle anderen auch Sekt. Es war 23.59 Uhr und ich schloss meine Augen. Was wünschte ich mir für das neue Jahr? Wünsche hatte ich viele, das ist mir in den letzten Monaten bewusst geworden. Aber das wichtigste, neben Gesundheit, war: *Glücklich sein*. Ja ich wollte vor allem glücklich sein. Und ich würde alles daransetzten, dass dieser Vorsatz oder Wunsch wahr wird. Ich hatte die besten Voraussetzungen zum Glücklichsein, das habe ich in diesem Jahr gelernt. Ich hatte Ben, den ich über alles liebte. Ich hatte meine Eltern, die mich, auch wenn sie mich manchmal nicht verstanden, trotzdem liebten. Und ich hatte Saidi und Clara. Ich werde glücklich sein. Während ich diesen Gedanken beendete, ging lautstark der Countdown los und das Feuerwerk wurde gezündet. Es sah wunderschön aus, der Himmel erstrahlte in bunten

Farben und alles glitzerte. Das Feuerwerk war so, wie ich mich fühlte. Ich war voller Energie, voller Farbe und Freude. Ich wollte nun auch mein Leben mit Farbe und Freude füllen, so wie das Feuerwerk den dunklen Nachthimmel bunt färbte. Es war schön zu sehen, wie sich alle in den Armen lagen. Viele küssten sich und jeder wünschte dem anderen alles Gute für das neue Jahr. Es war wundervoll, so viel Freude und Liebe zu sehen. Ich fühlte eine warme Hand, die mich sanft von hinten umarmte und bekam sogleich einen feuchten Kuss von Clara auf die Wange gedrückt. „Na Süße, wie geht's dir?", fragte sie mich.

„Ganz ehrlich, ich fühle mich wie auf Wolke sieben. Ich bin bis tief in mein Herzen glücklich, und ein kleines bisschen angeschwippst vielleicht auch." Ich gab ihr einen dicken fetten Kuss und umarmte sie so fest, dass sie kaum Luft bekam. Lachend ging sie dann zu den anderen Gästen, drehte sich nochmal um und zwinkerte mir zu.

Nachdem das Feuerwerk zu Ende ging, wurde die Party im Haus weitergeführt. Langsam begaben sich alle Gäste wieder hinein, da es durchaus kalt war. Ich stand noch eine Weile vor meinem Haus und schaute in den dunklen Himmel, der nun nur noch durch die Sterne und den wunderschönen runden Vollmond erleuchtet wurde. Auch wenn das Feuerwerk schön war, so ging doch nichts über einen tiefschwarzen Nachthimmel mit seinen leuchtenden Sternen. Jeder ein Unikat, so wie wir Menschen. Jeder wertvoll. Genau wie jeder Mensch.

Ich hatte im vergangenen Jahr oft in den Himmel geschaut, wenn ich nicht weiter wusste. Es gab mir immer ein gewisses Gefühl von Sicherheit, Zuversicht und Vertrauen. Ich hatte gelernt, dem Universum zu vertrauen, auch wenn ich zugeben musste, dass ich nicht immer verstand, warum gewisse Dinge geschahen. Und wenn ich auch des Öfteren gar nicht mit den Entscheidungen des Universums einverstanden war, so war der feste Glauben an Schicksal und Fügung irgendwie ein sicherer Anker für mich geworden.

Ich schickte noch ein leises 'Danke' ans Universum und machte mich dann wieder auf in Richtung Party.

In diesem Moment vernahm ich das leise Piepsen meines Handys. Ich nahm es heraus und las „Hey na, hoffe es geht dir gut..."

* Ich war alles, was ich sein konnte. Ich war alles was ich sein musste. Und jetzt bin ich alles was ich sein will.*

Ende...

Danke

Niemals hätte ich gedacht, dass ich mal eine „Danksagung" in einem Buch schreiben würde. Aber nun tippe ich diese Worte und bin ziemlich stolz auf mich. Genau, ich bin stolz auf mich. Ich bin stolz, dass ich mich traue das so offen zu sagen. Oft habe ich an mir, meinen Träumen und nicht zuletzt an diesem Buch gezweifelt. Trotzdem habe ich nicht aufgegeben. Dies nicht zuletzt dank der vielen großartigen Menschen in meinem Leben, die mich ermutigt und an mich geglaubt haben, besonders als ich es selbst nicht konnte.

Ich möchte mich bei meiner Familie und bei meinen Freunden bedanken, besonderer Dank gilt aber meinen beiden Herzensmenschen. Ihr seid zwei der wichtigsten Personen in meinem Leben. Ohne Euch wäre ich heute nicht die Frau, die ich bin. Wie oft habt ihr meine Tränen getrocknet und mich wieder aufgebaut, mich zum Lachen gebracht und wenn es sein musste, mir einen Tritt in den Hintern gegeben. Immer an meiner Seite, immer mein sicherer Hafen. Worte können meine Dankbarkeit nicht ausdrücken. Danke für eure Freundschaft. Ich liebe Euch.

Ein großer Dank gilt auch dir, liebe Maren. Du bist ein unglaublicher kluger, sensibler, herzlicher Mensch mit einem riesigen Herzen aus Gold. Danke für das 1000-malige Korrigieren und die vielen Tipps und Anregungen. Ich stehe ewig in deiner Schuld, du Liebe.

Danke auch an all die Probeleser, Inspirationsgeber und Kritiker. An K.F. , für die Einblicke in die „männliche Psyche" und die Bestätigung, dass ich einfach nur „Lost" bin. Du bist ein toller Kerl, „Kleiner" und der nächste Gin geht auf mich.

Zuletzt noch Danke an Dich...Tränen kullern mir über die Wangen, während ich dir Danke sage, da ich genau weiß, dass dies auch ein Abschied ist. Du bist das, wonach ich nie gesucht habe, noch wusste ich, dass es Dich gibt. Du wirst immer einen besonderen Platz in meinem Herzen haben. Ich danke dem Universum aus tiefstem Herzen, dass ich Dich im letzten Jahr kennenlernen durfte...Du hast mich, wenn auch schmerzhaft, meinen Wert erkennen lassen. Du warst mein ``*BESTER FEHLER*`` im vergangenen Jahr. Vielleicht im nächsten Leben...It is what it is...

* Jeder sollte jemanden haben, bei dem er nicht ganz normal sein muss*

... Coming Soon ...

Beziehungsstatus:

Ihre Route wird neu berechnet...

Nach einem turbulenten Jahr, in einer Achterbahn der Gefühle, möchte Sunny dem neuen Jahr ganz im Zeichen von Entspannung, Selfcare und Selbstfindung begegnen. Leider hat sie ihre Pläne ohne das Universum gemacht, dies hat sich nämlich etwas ganz Besonderes für die junge Frau ausgedacht. Somit begibt sie sich mit ihren zwei Freundinnen auf eine unvergessliche Reise. Während eines Sommers voller Freude, Tränen und Erotik, erfährt sie, dass das Leben so viel mehr für einen bereit hält, wenn man nur mutig genug ist danach zu fragen...

Positive Affirmationen

Ich lerne, mich so anzunehmen, wie ich bin.

Ich bin wertvoll, mit all meinen Stärken und Schwächen.

Ich akzeptiere meine Schwächen.

Ich vertraue mir selbst und meiner Intuition.

Ich werde von vielen Menschen in meinem Leben geliebt/gemocht.

Ich glaube an mich.

Ich bin nachsichtig mit mir.

Ich gebe meinem Körper das, was er braucht.

Ich habe bereits viel in meinem Leben erreicht.

Ich darf 'Nein' sagen.

Ich lasse Dinge los, die nicht gut für mich sind.

Ich darf Fehler machen.

Meine Meinung zählt.

Buchempfehlungen

Mögest du glücklich sein von Laura Malina Seiler

Schön, dass es Dich gibt von Laura Malina Seiler

Zurück zu mir von Laura Malina Seiler

Soulmaster von Maxime Mankevich

Wünsch es dir einfach, aber richtig! von Pierre Franckh

Ho´oponopono, das hawaiianische Vergebungsritual von Ulrich Emil Dupree

Danke liebes Universum von Anjana Gill

* Das Cafe am Ender der Welt* von John Strelecky

The big five for life von John Strelecky

Ich bin ein Fehler und ich liebe es von Jeffrey Kastenmüller

Du wurdest in den Sternen geschrieben von Bahar Yilmaz

Gespräche mit Gott von Neal Donald Walsch

50 Sätze, die das Leben leichter machen von Karin Kuschik

Notizen